KB069165

나의 미션 임파서블한 일상에
톰 크루즈가 들어왔다

일상 속 고민을 새로운 시선으로,
톰 크루즈와 함께 드라마틱하게 만들기

나의 미션 임파서블한 일상에 **톰 크루즈가 들어왔다**

일상 속 고민을 새로운 시선으로, 톰 크루즈와 함께 드라마틱하게 만들기

초 판 1쇄 2024년 02월 27일

지은이 김지은
펴낸이 류종렬

펴낸곳 미다스북스
본부장 임종익
편집장 이다경
책임진행 김가영, 윤가희, 이예나, 안채원, 김요섭, 임인영, 권유정

등록 2001년 3월 21일 제2001-000040호
주소 서울시 마포구 양화로 133 서교타워 711호
전화 02) 322-7802~3
팩스 02) 6007-1845
블로그 http://blog.naver.com/midasbooks
전자주소 midasbooks@hanmail.net
페이스북 https://www.facebook.com/midasbooks425
인스타그램 https://www.instagram/midasbooks

© 김지은, 미다스북스 2024, *Printed in Korea*.

ISBN 979-11-6910-518-7 (03810)

값 16,800원

※ 파본은 본사나 구입하신 서점에서 교환해드립니다.
※ 이 책에 실린 모든 콘텐츠는 미다스북스가 저작권자와의 계약에 따라 발행한 것이므로
   인용하시거나 참고하실 경우 반드시 본사의 허락을 받으셔야 합니다.

미다스북스는 다음세대에게 필요한 지혜와 교양을 생각합니다.

나의 미션 임파서블한 일상에
톰 크루즈가 들어왔다

일상 속 고민을 새로운 시선으로, 톰 크루즈와 함께 드라마틱하게 만들기

미다스북스

차 례

차 례

차 례

학교에서 근무하다 보니 이런저런 일로 힘들어하는 아이나 학부모님을 자주 만나곤 합니다. 며칠 전에도 우리 반 아이가 친구 때문에 힘들다며 눈물을 보여 수업을 마치고 따로 불러 이런저런 이야기를 했습니다. 이틀 전에 친구와 말다툼했고, 이제는 화해하고 싶어서 사과하려 했으나 자신을 피한다고 하더라고요. 제 어릴 적 이야기를 하며 그 친구에게 솔직하게 말하고 시간을 주자고 했습니다.

직업이 초등교사이다 보니 하루에도 몇 번이나 아이들의 싸움을 중재하고 고민을 듣고 또 해결해 주기도 합니다. 또는 스스로 해결할 수 있도록 옆에서 멍석을 깔거나 조언하기도 하고요. 힘들 때 이야기를 들어주고 나름의 방법으로 해결할 수 있도록 도와주는 것이 어느덧 직업이 되어 버렸습니다. 가끔 학부모님과도 이야기하는데 그녀들의 고민에 맞장구치며 제 자식 이야기를 하기도 합니다. 다들 살아가는 모습이 비슷하더라고요.

우리 대부분은 출생의 비밀, 불의의 사고, 기억상실, 재벌가 이야기가 전혀 없이 하다못해 으샤 으샤 파이팅 넘치는 사건도 없는 그저 그런, 하루하루가 비슷한 일상을 살고 있습니다. 영화나 드라마처럼 삶이 극적이고 흥미진진하다면 좀 더 재미있고 활기차게 살 수 있을 텐데 말입니다.

평범한 일상이지만 그렇다고 모든 일이 수도꼭지에서 물 흐르듯이 술술 풀리거나 무미건조하지만은 않습니다. 일상은 돌이 듬성듬성 놓여 있는 시냇물 같았습니다. 잔잔히 흐르다가 가끔 이 돌덩이에 막혀서 이도 저도 못하며 머뭇거리기도 하고 돌아가기도 하면서 우리의 일상은 흘러가고 있습니다.

작은 자갈이 있는 시냇물이 졸졸졸 소리가 나듯이, 소소한 돌을 마주하고 고민하며 해결하려 했던 우리의 일상은 더 다채롭습니다. 그리고 졸졸졸 말하듯이 누군가에게 두런두런 이야기를 건네는 것이 아닐까요?

　얼마 전, 영화관에서 〈미션 임파서블: 데드 레코닝〉이라는 톰 크루즈 주연의 영화를 보고 나오면서 나도 모르게 '역시 톰 크루즈야.'라고 혼잣말을 해 버렸습니다. 미션 불가능한 것을 아무튼 미션 완료해 버리는 톰 크루즈가 우리의 일상으로 들어온다면 어떨까 생각해 보았지요.
　톰 크루즈의 팬도, 영화광도 아닌 내가 톰 크루즈라는 제목으로 책 한 권 분량의 글을 쓸 수 있을까? 어쩌면 이것이야말로 미션 임파서블한 일이 아닐까? 고민이 되더라고요.

　겨우 그런 것으로 고민하느냐고, 산전수전 공중전까지 겪어 본 사람도 있는데 겨우 그게 고민이냐고 말하는 사람들 사이에서 저는 일상의 고민을 대놓고 말하기를 주저했습니다. 그래서 이렇게 글로 씁니다. 소소한 고민으로 갈팡질팡하는 우리들의 이야기를 해 보고 싶었습니다. 모든 고민의 깊이는 성장의 높이라고 합니다. 소소한 고민을 해결해 가며 우리는 조금씩 성장하는 게 아닐까요? 그렇게 나의 미션 임파서블한 일상에 톰 크루즈가 들어왔습니다.

이 책은 평범한 일상을 살아가면서 어떻게 해야 할지 몰라서 고민하거나 소소한 선택에 앞서 망설일 때, 이렇게 해 보면 어떨까 하며 이야기를 건넵니다. 그런데 평범한 경험인 줄 알았는데 여기에 톰 크루즈를 더했더니 평범한 일상은 특별하고 재미있는 일상이 되었지요. 톰 크루즈의 행동이나 말, 톰 크루즈가 출연하는 영화와 영화 속 대사를 나의 일상으로 가져왔습니다. 대한민국의 평범한 한 여성이 미국 할리우드의 유명한 배우와 무슨 상관이 있을까 생각이 되겠지만 의외로 우린 비슷한 점이 많았습니다. 알고 보면 사람들의 살아가는 모습은 다 거기서 거기라고 하지만 톰 크루즈의 살아가는 모습이 나와 비슷할 줄이야. 아마 이 책을 읽다 보면 독자 여러분은 나보다 더 많이 비슷한 점을 찾을지도 모르겠습니다.

제가 앞에서 가끔 영화나 드라마 같은 삶을 기대해 본다고 했는데 진짜 제 일상은 드라마틱해졌습니다. 불가능하다고 생각할 때마다 톰 크루즈를 찾았기 때문이지요. 세계적인 배우가 나오는데 어찌 드라마틱하지 않을까요?

이 책이 여러분의 일상에서 잠시 쉼을 느낄 수 있는 이야기를 건넸으면 좋겠습니다. 평범한 일상을 좀 더 새롭고 특별하게 보실 수 있는 여유를 드렸으면 좋겠습니다. 제발 그렇게 되었으면 좋겠는데 진짜 고민입니다.

1

이럴 수도, 저럴 수도 있습니다 :

인생은 예상치 못한 도전과
가능성의 연속이에요

삶은 연극이었고 영화였다

첫눈에 반한 적이 있는가? 누구는 소개팅에서 만난 사람이나 옷 가게 쇼윈도에 걸려 있는 옷을 보며 내 사람, 나를 위한 옷이라고 마음을 정하기도 한다. 또 누구는 별 관심 없던 사람의 툭 던지듯이 건넨 따뜻한 말 한마디에 츤데레 스타일의 그 남자에게 호감을 느끼기도 한다. 그런데 한순간에 마음을 뺏기는 것이 가능할까? 혹시 이제껏 깨닫지 못했지만, 오랫동안 마음속에서 갈망하고 있었던 것이 그 일을 계기로 밖으로 튀어나온 것은 아닐까?

머리핀 하나를 산다고 이리저리 몇 날 며칠 고민만 하는 나에게도 누군가의 말 한마디에 섬광 번뜩이며 내 삶을 결정했던 순간이 있었다. 영화 같은 장면이었다.

"선생님은 대학 다닐 때 연극 동아리에서 활동했어."

멍하니 앉아 있던 고등학교의 국어 시간에 나는 내 인생을 바꿀 뻔한 이야기를 들었다. 몇 초도 되지 않은 그 짧은 순간, 나는 고개를 들었고 내 눈은 반짝이고 있었다. 고등학교 국어 선생님의 그 한마디에 당시 고1이었던 나는 내가 진학할 대학교를 정해 버렸다. 사람은 큰물에서 놀아야 한다며 이름만 대면 알 만한 서울에 있는 대학에 가겠다는 것도 아니고, 부모님께 효도하겠다는 이유로 등록금이 적은 지방 국립대에 가겠다는 것도 아니었다. 하다못해 유명한 교수님의 수업을 듣고 싶다는 막연한 호기심을 채워 줄 대학에 가겠다는 것도 아니었다. 연극, 정확하게는 연기를 할 수 있는 연극 동아리가 있다는 이유로 나는 무조건 국어 선생님께서 다녔던 대학교에 가고 싶었다. 세상 물정 모르던 나는 대부분의 대학교에 연극 동아리가 있는 줄도 몰랐고, 어쩌다 알게 된 고급 정보에 흥분했다. 지금에서야 말하지만 나는 배우가 되고 싶었다. 물론 다른 사람에게 이야기하는 공식적인 장래 희망은 선생님이었다.

　어릴 때는 흔히 TV 속 배우나 가수를 보며 한 번쯤은 그들을 따라 하지 않는가. 난 아무도 없는 곳에서 혼자서 볼펜 들고 열정적인 몸짓으로 내 감정에 취해 노래를 부르기도 했다. 그리고 드라마 속 배우의 표정을 지으며 그녀의 대사를 중얼중얼 따라 해 보기도 했고 혼자서 1인 2역 또는 3역까지 연기 놀이를 했다. 초등학생 때는 인형 놀이와 소꿉장난을 하면서, 중고등학생 때는 공부한다고 책상에 앉아서 이런 저런 상황을 재연하면서 나는 연기의 재미에 빠졌다. 그러나 소심했던 나는 이 상황을 누구에게도 발설하지 않았다. 키도 작고 체격도 튼실하며 얼굴은 예쁘지도 않은 데다 지방에 살고 있어 방송 출연이 힘들다는 나름 합리적인 변명으로 꿈을 접었다. 그런데 대학교에 연극 동아리가 있다니? 이 무슨 꿩 먹고 알 먹는 기회인가? 난 스멀스멀 연기병이 도지기 시작했다.

드디어 고3이 되었다. 나는 고1 때부터 정해 놓은 연극 동아리가 있는 대학교의 사범대학으로 진로를 정했지만, 담임 선생님은 성적이 간당간당하다며 안정적으로 사범대가 아닌 일반과를 권하셨다. 공식적인 장래 희망인 교사의 꿈이 무너지는 것 같았다. 진학 상담을 마치고 울먹이며 엄마에게 전화를 걸었고, 엄마는 1초의 주저함도 없이 말했다.

"교육대학에 가는 게 어때? 초등교사가 네 적성에 더 맞을 것 같다."

그렇게 나는 고민을 했고, 3년간 간직하고 있었던 연기를 하고 싶다는 마음을 매정하게 접어 버렸다. 그리고 초등교사가 되기로 마음을 정했고 그해 가까스로 교대에 합격했다.

"'언젠가'라는 말은 위험한 말이야. 그건 단지 안 하겠다는 암호거든."

-영화 〈나잇 앤 데이〉-

세상에! 교대에도 연극 동아리가 있었다. 그러나 나는 대학 생활에 적응하고 난 뒤에 가 보겠다고 하며 망설이고 있었다. 캠퍼스를 지나다니며 연극 동아리 방을 보기도 했지만, 선뜻 마음이 가지 않았다. 그렇게 원했으나 나 스스로 포기함으로써 애써 외면했던 연극에 대한 마음은 쉽게 불이 붙지 못했다. 언젠가는 연극 동아리 방에 가 보고 싶다고 말만 했다. 그렇게 반년이 지나고, 보다 못한 친구가 나를 연극 동아리 방으로 데려갔다.

"생각하지 말고 그냥 하라면서요."

—영화 〈탑건: 매버릭〉—

자주 그랬다. 실행력이 약했던 나는 생각만 하다가 말곤 했다. 다행히 이번에는 친구 따라 강남 간다고 친구 덕분에 어린 시절 내내 마음속으로만 키워 왔던 연기에 도전해 볼 수 있었다. 낮은 자세로 숨 고르기를 오래 했던지라 나는 풀쩍 연극에 빠져들고 말았다. 작은 키 때문이었는지, 평범한 외모 때문이었는지, 조용한 성격 때문이었는지, 실력이 부족했기 때문이었는지 연극 활동을 하던 4년 내내 주인공은 한 번도 되지 못했지만 조연으로 나름 임팩트 있게 활동했다. 이름하여 개성 있는 배우, 다른 사람을 웃기는 배우였다. 왜 한 번도 주인공이 되지 못할까? 이번에도 대사 많고 자주 등장하는 주인공이 되지 못했다는 것에 왜 그럴까 살짝 고민하기도 했지만 깊게 생각하지 않았다. 나는 주연이든 조연이든 가리지 않고 그냥 온 힘을 다했다. 조연도 그의 인생에서는 주연이고, 조연의 처지에선 주연도 조연에 불과했다. 그래서 조연을 더 잘 표현하고 싶었다. 그의 인생에서는 주인공답게.

나는 한 편의 연극이 시작할 때면 나의 배역에 빠져들었다. 때로는 허둥대는 치과의사가 되기도 했고 때로는 주인공의 어릴 적 친구가 되기도 했으며 때로는 옛날 옛적 할머니가 되어서 밥상을 차리기도 했다. 내가 살아 보지 못한 시대를 거치고 겪어 보지 못한 직업과 상황, 그러한 사람(아, 나무로 살아 보기도 했다)으로 잠시 살아 보고 다른 사람의 입장이 되어 봄으로써 삶이란 것이 한 편의 연극 같다고 생각했다. 연극 무대에서 각각의 배역과 역할로 희로애락을 거치며 자신의 이야기를 펼쳐 나간다. 그처럼 우리는 각자 자신의 무대에서 1막은 어린아이로, 2막은 청소년으로 그 후로는 바쁜 직장인으로, 때로는 부모로 살아가고 있지 않은가.

그래서 영화 〈탑건: 매버릭〉의 상영 소식을 듣고 나는 묘하게 흥분되었다. 1987년에 개봉된 영화 〈탑건〉에서 20대의 매버릭(톰 크루즈)은 최정예 전투기 조종사를 양성하는 탑건에 입학해서 훈련받던 도중 전투기 사고로 절친 구스를 잃게 된다. 그런데 35년이 지난 2022년에 개봉된 〈탑건: 매버릭〉에서 매버릭은 이제 50대의 교관이 되어 다시 탑건으로 오게 되고 거기에서 아버지의 뒤를 이으려는 구스의 아들을 지도하게 된다. 영화라는 속성상 한순간에 미래로 건너뛸 수 있다. 그렇지만 이 두 영화는 건너뛰지 않고 우리 삶 그대로 시간의 흐름을 만들었다. 35년간을 기다린 것이다. 나 역시 10대에서 40대가 되었다. 그래서 매버릭과 같이 나이가 들어 버린 나는 10대 때는 그의 20대를, 40대 때는 그의 50대 이야기를 보고 말았다. 이게 도대체 가능하냐고? 몇십 년이나 추적하여 그 결과를 조사하는 종단적인 연구 프로젝트도 아닌데 영화에 현실적인 시간을 넣어서 인생으로 만들어 버리다니.

톰 크루즈는 영화를 삶으로 만들어 버렸고, 삶을 연극처럼 만들어 버렸다. 불가능할 것 같은 일을 가능하게 만들어 버리는 톰 크루즈였다. 이러니 톰 크루즈를 찾을 수밖에 없지 않은가.

어쩌면 나도 그렇게 살고 싶었기 때문에 삶을 연극이고 영화로 만들었던 톰 크루즈를 한순간에 알아본 것일지도 모른다. 순간의 선택인 줄 알았는데 그건 오랫동안 마음속에서 간직하고 있던 나의 갈망이 밖으로 드러난 것이었다. 삶은 대본이 있는 연극이자 복선과 반전이 있는 영화인지도 모르겠다.

디테일에 숨겨진 인생의 비밀

비 오는 날 한 방울씩 떨어지는 빗방울로 흙길이 팬 것을 보면 낙숫물이 댓돌 뚫는다는 속담이 생각난다. 한 방울 한 방울 떨어지는 낙숫물과 댓돌을 보면 아무 티도 나지 않아 불가능할 것만 같지만 결국 낙숫물은 기어이 댓돌을 패게 한다. 우리의 일상도 이러한 한 방울의 낙숫물처럼 너무 사소하게 보이는 선택들이 많다. 너무 사소해서 내가 일일이 기억하지도 못한다. 예를 들면 밥을 먹을 때 밥을 먼저 먹는지 반찬부터 먹는지, 메시지를 보낼 때 응원의 말만 보내는지 이모티콘까지 같이 보내는지, 마트에 가서 평소 즐겨 먹는 냉동만두를 살지, 새롭게 출시된 냉동만두를 살지 이런 것들 말이다. 그러나 일상에서 무심코 행하던 사소한 것들은 쌓이고 쌓여서 더는 사소하지 않은 것이 된다. 사소해 보이지만 절대 사소하지 않은 것. 우리는 그 속에서 숨겨진 인생의 비밀을 발견할 수 있다.

주말 오후에는 일주일 치 장을 보기 위해 마트로 향하곤 한다. 달걀도 한 판 담고, 애들 성장을 위해 고기도 몇 팩 사고, 간당간당했던 세탁 세제도 담는다. '나는야 알뜰 주부!' 원 플러스 원 두부도 담고, 건강을 위해 채소와 과일 몇 봉지까지 담다 보면 카트는 묵직하다. 마지막으로 냉동식품 전시대를 지나갈 때쯤, 만두 시식 코너에서 나를 부른다.

"애기 엄마."

그들은 예민한 촉으로 안다. 이미 카트의 반 이상을 채운 애 엄마들은 아이가 맛있다고 하면 카트에 만두 봉지 하나 정도는 부담 없이 넣는다는 것을 안다. 카트에 물건이 거의 없으면 이 가족은 오늘 물건을 살 생각이 없을 수도 있고, 카트에 물건이 너무 가득 있어도 이제는 돈 아껴야겠다는 마음에 지나칠 수도 있다. 그리고 전문가는 또 디테일하게 안다. 엄마들은 남편이 맛있게 먹는 만두가 아니라 아이가 잘 먹는 만두를 카트에 담는다는 것을.

이미 내가 선호하는 냉동만두 브랜드는 있지만, 아이가 먹고 한 개 더 먹고 싶다는 만두는 다시 보게 된다. 수많은 시식 만두 중에서 내가 선택한 만두는 뜨거워서 손에 들고 있다가 나중에 아이에게 먹이는 만두가 아니다. 아이 입에 들어가서 아이가 맛있게 씹어 먹을 수 있는 적당한 크기와 뜨겁지도 차갑지도 않은 적당한 온도의 만두였다. 거기에 청결하게 종이컵에 하나씩 올린 만두를 하나 콕 찍어 상냥하게 아이에게 주라고 권한다면 그녀의 디테일함에 난 순순히 만두 한 봉지를 건네받는다. 그런데 이거 하나 샀다고 나에게만 준다며 아이 먹이라고 작은 사은품 하나 더 챙겨 준다면 나는 그 자리에서 황송한 마음으로 감사의 인사를 하고 기분 좋게 득템의 만두 봉지를 모셔 온다. 댓돌 같은 나는 그녀의 세심한 정성이라는 낙숫물에 찍혀서 그녀의 만두를 샀다.

만두가 맛만 좋으면 되지, 그런 것까지 신경 써야 하냐고 인생 살기 힘들다고 슬퍼하거나 노여워하지 말라. 생각해 보면 사소하게 보이는 이 디테일의 힘이 마지막을 완성하고 당신의 가치를 올리며 재평가하지 않는가.

사실 난 디테일한 사람이 아니다. '만두가 맛만 좋으면 되지.' 하는 부류의 사람이다. 그래서 선물을 드릴 때도 포장의 리본 끈까지는 챙기지 않았고, 청소할 때도 서랍장 윗면의 먼지까지는 닦지 못했으며, 학생들에게 앞구르기를 지도할 때도 손을 바닥에 대고 머리를 확 숙여서 구르면 된다고 말했다.

그렇다. 이미 뻣뻣해진 몸뚱이로 앞구르기 시범을 보이다가 목이라도 삐끗하게 될까 봐 겁이 나서 나는 직접 시범은 보이지 않고 말만 했다. 대신 선생님보다 훨씬 자세가 바른 아이라고 칭찬하며 학급에서 운동을 잘하는 아이의 시범을 보여 주었다. 그래서 아이들이 무엇을 어려워하는지, 왜 잘 안되는지를 알지 못했다. 답답해하다가 나는 용기를 내어 앞구르기 시범을 보여 주었고 아이들의 환호를 받으며 동작의 마지막 부분까지 디테일하게 설명할 수 있었다. 직접 해 본 사람만이 상대의 마음을 읽고 공감하며 디테일하게 알아챌 수 있다.

사실 이런 앞구르기와는 비교도 안 되지만 톰 크루즈야말로 대역 없이 영화의 고난도 액션을 몸 사리지 않고 하는 것으로 유명하다. 내가 앞구르기를 직접 하지 않는다고 해서 선생님이 그것도 못 하느냐고 뭐라고 할 학생이 없듯이, 굳이 유명한 배우가 스턴트맨도 하기 힘든 액션을 하지 않는다고 해서 뭐라고 할 관객도 없다. 그렇지만 앞구르기를 직접 해 봄으로써 앞구르기를 잘하기 위해서는 머리를 확 숙이는 것이 아니라 머리의 아랫부분이 바닥에 닿을 수 있도록 숙여야 한다고 말할 수 있다. 이처럼 영화 속 위험한 액션을 직접 해 본 배우는 표정 하나하나 손짓 하나하나 다를 것이고 이 디테일한 것들에 사람들은 열광하고 그 액션에 몰입하게 된다. '1%의 실수가 100%의 실패를 부른다.'라는 말처럼 같은 경상도 사투리라도 대구와 부산의 사투리를 구분할 수 있는 사람에게 영화 속 인물의 어설픈 대구 사투리는 인물, 아니 영화에 대한 몰입도와 공감, 진정성마저 떨어뜨리게 한다.

이게 디테일의 힘이다. 디테일이야말로 책임감이며 타인에 대한 배려이다. 그래서 우리의 감성을 자극한다.

다른 분들도 성실하게 만두를 구웠지만, 고객의 상황과 감정을 생각하며 아이가 먹기 좋게 자르고 한 김 식힌 만두를 권한 시식 코너의 아주머니는 디테일의 힘으로 손님이 기꺼이 물건을 사도록 했다. 정성 들여 고르고 골라 준비했지만, 포장이 뭐가 그리 중요할까 하며 그냥 내민 나의 선물과 달리 끝이 말려 우아하게 떨어지는 리본 끈이 있는 친구의 선물은 돋보였다. 거기다 선물을 감싼 포장지 옆에서 살짝 비치는 직접 쓴 생일 축하 메모가 있던 친구의 디테일한 선물은 받는 사람에게 깊은 감동을 주었다. 발달한 CG 기술과 대역 전문 스턴트맨이 있지만 하는 척하는 것이 아니라 직접 함으로써 디테일한 감정과 움직임까지 관객에게 보여 주고 같이 몰입하게 한 톰 크루즈처럼 말이다.

디테일은 원래 작고 덜 중요한 것을 의미한다. 인간의 감동 역시 대단한 것에서 나오는 것이 아니라 아주 작은 디테일에서 시작된다. 그리고 이 디테일에 사람들은 마음이 움직이고 행동으로 반응한다. 나름 열심히 성실하게 일하고 있다고 생각했지만 선택받지 못하고 인정받지 못했던 나의 과거는 디테일이 빠졌기 때문이 아니었을까?

예순에도 달리고 싶다

    횡단보도에서 느린 걸음으로 재촉하는 어르신을 보며 인생의 순리를 느낀다. 나이 들면 몸의 반응과 기억의 속도, 걸음의 속도까지 삶의 속도는 느려진다. 가끔은 성큼성큼 걷는 활력 있는 나의 노년의 모습을 상상하곤 한다. 그래, 상상만 한다.

    사실 영화 〈미션 임파서블: 데드 레코닝〉을 보면서 내가 '이야!' 하고 넋을 잃고 감탄했던 것은 오토바이를 탄 채로 달리면서 아찔한 절벽에서 뛰어내릴 때도 아니고, 다리 위에서 폭발한 기차가 아래로 떨어지기 직전에 톰 크루즈가 한 칸씩 앞쪽 기차 칸으로 옮겨 가는 것을 보며 숨 막힌 긴장감으로 몸을 움츠릴 때도 아니었다. 바로 공항과 길거리 심지어 지붕도 가리지 않고 허리를 꼿꼿하게 세우고 전력으로 달리는

60세의 톰 크루즈의 모습이다. 그것도 지치지도 않고 오랫동안 달리는 모습을 보며 얼마나 부러웠던지 저절로 탄성이 나왔다.

톰 크루즈는 늙지도 않나? 단 10초도 전력 질주할 수 없는 몸이 되어 버린 저질 체력의 나는 제쳐 두더라도 이건 60대의 달리기 모습이 아니다. 〈미션 임파서블〉에서 톰 크루즈는 20대일 때도 그렇게 뛰더니 60세가 되어도 여전히 잘 뛴다. 트레이드마크이기도 한 흐트러짐 없이 빠르고 오랫동안 달리는 모습. 이것이 나에게는 한없이 부러운 장면이다. 영화 속에서는 톰 크루즈가 살기 위해서 죽도록 뛰는 긴박한 순간이었지만 나는 그 모습을 보며 한숨 섞인 목소리로 '잘 뛰네.' 하며 천천히 넋두리하고 말았다.

나는 운동, 특히 달리기와는 담을 쌓은 사람이다. 이런 내가 가족 모두에게 10km 마라톤에 출전하자고 제안했던 적이 있었다. 1년에 한 번, 차 없는 광안대교를 뛸 수 있는 부산 바다 마라톤 대회였다. 무엇에 홀렸는지 내 체력은 생각하지 않고 아들의 체험(아, 우리나라 엄마의 자식 사랑은 눈물겹다. 자신의 몸뚱이는 챙기지를 않는다.)과 가족의 추억을 위해 광안대교를 뛰어 보자고 했다.

며칠 뒤, 참가 기념품으로 마라톤 주최 측에서 보내 온 티셔츠와 가슴에 달 번호표가 도착하니 드디어 저질 체력의 내가 도대체 무슨 일을 저질렀는지 실감이 났다. 신청 마지막 순간에 광안대교 중간쯤에서 유턴해서 돌아오는 5km 마라톤으로 변경한 것이 그나마 다행이었다. 대회에 관한 안내 책자에는 집결 시간 및 장소, 종목 및 코스 안내 등이 있었는데 제한 시간에 대한 것도 있었다.

제한 시간 안내(스타트 지점을 출발하여 끝 지점을 통과하는 시간 기준)
부산 바다 마라톤은 교통 통제로 인한 시민들의 불편을 최소화하기 위해 제한 시간을 엄격히 적용합니다. 제한 시간은 5km 코스 1시간 30분입니다.

5km를 달리는데 제한 시간이 1시간 30분이다. 남들은 최단 시간에 관심을 기울이겠지만 난 최장 시간이 눈에 띄었다.

거리 ÷ 시간 = 속력

5,000m ÷ 90분 = 약 56m/분

1분에 최소 56m만 뛰면 된다.

아무리 마라톤 대회에서 가장 짧은 5km 달리기이고 1분에 56m만 가면 된다지만 사회생활을 시작하고 나서는 100m도 제대로 달려 본 적이 없기에 부담이 되었다. 주말 아침 동네 산책 코스에서 가족 전지훈련을 시작했다. 어랏, 걸어도 되네? 줄자가 없어 정확하진 않지만, 육안으로만 봐도 충분했다. 5km 달리기 대회는 걷다가 뛰다가 한다더니 빠른 걸음으로 걸어도 분당 100m는 갈 수 있을 것 같았다. 그렇게 9월 말의 상쾌한 아침 공기와 자신감으로 해장국 맛집을 찾아 브런치 해장국을 먹고 커피를 마시며 마라톤 도전으로 생긴 삶의 여유를 즐겼다.

새로운 도전이 주는 신선함을 즐겼고, 생각보다 1분이 길다는 것과 내 체력이 제한 시간에 걸릴 정도는 아니라는 것을 새롭게 안 날이었다. 내 체력이 아주 안 좋은 것이 아니구나 하는 안도감마저 들었다. 물론 남편과 아이는 5km 코스

마라톤은 1등 해도 상도 안 주고 기록도 안 잰다며 왜 10km 마라톤을 신청하지 않았느냐고 엄마의 마지막 변심을 아쉬워했다. 난 처음이라서 그랬다고 올해 해 보고 좋으면 내년에는 10km를 달리자고 달랬다.

10월 7일 오전 7시가 집결 시간이다. 혹시 주차할 곳이 없을까 봐 6시쯤에 도착했다. 전날까지 강풍과 폭우를 동반한 태풍 콩레이의 영향으로 10월 초 새벽은 쌀쌀했다. 바람막이 점퍼에 목도리까지 든든히 매고 집결 장소로 갔다. 세상에 마라톤보다 더 흥미 있는 홍보용 부스가 이렇게나 많다니. 무료라기에 정신없이 받았더니 머리밴드, 휴지, 물, 시계, 수건, 손가락 비닐장갑 등 한 보따리를 들고 달리기를 할 판이다. 우리 가족의 첫 마라톤은 이렇게 어설펐다. 7시가 넘어가니 마라토너 동호회 회원들의 구호 소리와 사진 촬영, 준비운동을 하며 몸 푸는 사람들로 웅성웅성했다. 나중에 뉴스 보고 알았는데 이번 부산 바다 마라톤 대회에는 1만 5,000명이 참가했다고 한다.

5km 달리기는 8시 40분이 출발 시각이어서 그전에 광안

대교로 이동했다. 워낙 많은 사람이 참여했는지라 출발신호
는 들었지만, 출발 지점은 어딘지도 잘 모르겠고 또 앞사람
이 달려 나가야만 뒷사람도 나아갈 수 있기에 앞사람들을 따
라 천천히 걷기 시작했다. 주변에는 아기를 업고 걷는 아버
지, 유모차를 끌고 온 가족 등 그야말로 힐링 걷기대회였다.

　명색이 마라톤 대회인데 주야장천 걸으려는 엄마가 못마
땅했는지 아이는 뛰자고 했고 우리 가족은 슬슬 뛰기 시작
했다. 아이고, 천천히 뛴 지 30초도 안 된 것 같은데 숨이 차
고 힘들다. 오줌도 찔끔찔끔 나올 것 같다(이것이 아이를 낳
고 잘 생긴다는 요실금인가? 출산 후 뛰어 본 적이 거의 없
어서 지병이 있는 줄도 몰랐다). 최선을 다했지만, 도저히 아
이와 남편의 보조를 맞출 수가 없어서 둘을 먼저 보내고 나
는 천천히 걷다가 뛰겠다고 했다. 줄 풀린 말처럼 두 사람은
신나서 달려 나가고 나는 가쁜 숨을 내쉬며 '잘 뛰네.' 천천히
넋두리하며 바라보았다. 톰 크루즈의 뛰는 모습을 보며 난
2018년의 부산 바다 마라톤 대회가 생각났다. 그때보다 5년
이 지난 지금은 과연 몇 초 동안 뛸 수 있을까 생각하면 쓸쓸
해진다.

나이는 숫자에 불과하다는 말이 있다. 톰 크루즈는 이 말을 증명하는 긍정적인 사례를 보여 주는 인물이 되었고, 나는 60세란 숫자를 굳이 쓰면서 무엇인가를 못하는 이유로 나이를 이야기하는 무기력한 인물이 되고 말았다.

매년 많아지는 나이에 미리 겁먹지 말고 내가 만들 수 있는 신체 나이에 집중해야겠다. 건강한 신체에 건강한 정신이 깃든다고 몸이 건강하면 생각도 긍정적으로 된다. 그렇다면 좀 더 긍정적으로 생각해서 오늘부터 달리기를 시작해 볼까?

톰 크루즈가 영화에서 살기 위해 뛴 것처럼 나도 건강하게 살기 위해서 뛰어야 한다. 인제 와서 무슨 달리기냐며 자칫하면 무릎 나간다고 미션 임파서블하게만 보지 말길. 정신이 젊어지는 신체 나이를 위해 달려 보자. 아! 물론 횡단보도에서는 성큼성큼 걸으셔야 합니다.

여름 여행 해 봤니

한반도가 폭염으로 펄펄 끓고 있습니다. '찜통더위', '가마솥더위'라는 표현이 딱 들어맞는 날씨인데요. 오늘, 전국 대부분 지방에 폭염 특보가 내려진 가운데 서울에도 오전부터 폭염 경보가 발령됐습니다. 게다가 일사병과 열사병 등 온열 질환에 걸린 환자 수도 급증하고 있습니다. 질병관리본부의 발표로는 7월 둘째 주에 발생한 온열 질환자는 180명으로 첫째 주보다 3.5배 가까이 증가했는데요…….

○ ○ 기자

진짜 덥다.

그럼에도 불구하고 남편의 휴가에 맞춰 가장 덥다는 8월 첫째 주에 2박 3일로 갑작스레 가족여행을 계획했다. 이름하여 백제 역사 탐방. 여름철은 다들 시원한 강원도 쪽이나 바닷가에서 휴가를 많이 보내는지 숙소를 예약하지 않았어도 다행히 부여, 공주 인근의 숙소는 구하기가 쉬웠다.

"부여, 공주 갔다가 마지막에는 대전의 국립중앙과학관을 가 보면 어떨까?"

신라의 수도 경주, 조선의 수도 서울 하다못해 금관가야의 도읍지인 김해도 직접 찾아가서 유물과 유적을 보았지만, 백제의 도읍이었던 부여와 공주는 가 본 적이 없었다. 그래서 이번 휴가는 부여, 공주로 가 보자고 했다. 그런데 여기에 대전을 추가하면 백제 역사 탐방과 더불어 아이의 입맛에도 맞는 과학관까지 방문함으로써 역사와 과학의 만남이라는 두 마리 토끼를 잡을 수 있는 여행이 될 것 같았다. 물론 아이도 자칫 지루하게 느껴지는 역사 탐방에 과학관 체험 활동이 덧붙여지니 좋아했다.

지난주에 장마 아니, 집중호우가 드디어 끝이 났다. 본디 장마 기간이라면 남쪽에서 올라온 고온 다습한 고기압과 북쪽의 차가운 고기압이 만나 지루하게 이어지는 우중충한 날씨와 더불어 비가 약해졌다가 강해지기를 반복하게 되는데 어찌 요즘 들어서는 폭염과 폭우가 반복되는 것 같다. 집중 호우로 산과 집이 무너지고 강 주변의 산책로는 잠기고 지하 차도도 잠겨 버린다. 그리고 우리들의 일상도 무너지고 사건·사고로 마음조차 잠겨 버린다. 그런 장마가 끝났더니 이젠 뙤약볕이다. 지루함을 참지 못하고 급하게 빨리빨리 처리하려는 요즘 세태를 반영하듯 날씨도 화끈하다. 다만 내 마음만 화끈하지 않고 느릿한 것 같다.

오후 1시가 조금 넘어 도착한 부여의 정림사터에는 잔디밭과 연꽃이 있었고 넓은 마당 가운데는 정림사지오층석탑이 단아하게 서 있었다. 그런데 주차장과 반대편에 있는 입구로 걸어가는데 벌써부터 땀이 흐르고 숨이 헉헉 막히기 시작했다. 이미 달구어질 대로 데워진 흙바닥은 햇빛 아래서 하얗게 빛바랜 것처럼 눈부셨다. 사람 한 명 없던 정림사터는 모자도 선글라스도 없이 양산 하나만으로 이리저리 방향을 틀어 그늘을 만들면서 걸어 다니기에는 너무 넓었다.

아지랑이마저 올라올 것 같은 한낮의 기운에 놀라 일단 탑은 멀리서 보고, 옆에 있던 정림사지 박물관으로 대피했다.

박물관에서 정림사지오층석탑에 대한 역사적, 과학적 및 예술적 사실을 접했더니 덥다고 그냥 지나칠 탑이 아니었다. 다시 아이의 교육을 위해 한낮의 더위에도 아랑곳하지 않고 1,000년 이상 묵묵히 서 있는 정림사지오층석탑으로 아이를 데리고 나왔다. 숨 막히게 더운 절터였다. 석탑의 처마가 살짝 말려 올라간 것이 그나마 경쾌하게 느껴졌다.

이어서 백제 시대 문화를 재현한 100만 평 규모의 역사 테마파크인 백제문화단지에 갔다. 짐작은 했었지만, 진짜 규모가 컸다. 매표소에서 보니 입구인 정양문까지는 까마득하게 보일 만큼 멀었다. 기세가 꺾이지 않는 햇빛에 역사고 탐방이고 간에 도저히 입구까지 걸어갈 엄두가 나지 않았다. 우리 이외는 어떤 관광객도 보이지 않았던 한여름 오후 4시였다. 아까부터 아이는 속이 메슥거린다고 해서 체했나 싶어서 소화제를 먹여 둔 상태였다. 하늘 한번 보고, 아이 얼굴 한번 보고, 햇볕의 열을 그대로 간직하고 있는 넓디넓은 바다 한번 보고 나서

"안 되겠지?"

"무리하지 말자. 여름 여행이잖아."

표까지 끊었는데, 가다가 돌아와 버렸다. 그렇게 한낮의 열기는 일정을 변경시켰다. 아이는 배가 아프다고 했고 설사를 했다. 저녁은 먹는 둥 마는 둥 공주의 숙소로 갔다.

'더위 먹었나?' 나의 혼잣말에 남편은 한마디 했다.

"제대로 뭐 먹은 게 없으니 더위 먹은 게 맞네." 남편은 나를 아이 교육을 위한답시고 애 상태도 확인하지 않고 이리저리 끌고 다니는 열성 엄마 취급을 했다.

다음 날은 공주로 가서 무령왕릉과 공산성과 마곡사를 돌아볼 계획이었지만 여전히 뜨거운 햇볕 아래서 우리는 무령왕릉만으로 만족해야 했다. 차 트렁크에 넣어 놓았던 커다란 우산을 쓰고 햇빛을 이리저리 막으며 무령왕릉과 왕릉원을 돌아다니면서 이제는 그만 대전 숙소로 가자고 만장일치로 결정해 버린 것이다. 길바닥에 달걀을 깨뜨리면 달걀후라이가 될 수 있는지 실험해 보고 싶은 날씨였다. 점심을 먹고 숙소에 가서 아들과 남편은 저녁 8시까지 에어컨을 틀어 놓고 잤고, 아이에게 뭐 하나라도 더 보여 주고 싶었던 나는 폭풍의 검색질로 밤에 갈 만한 곳을 찾았다.

대전에는 한빛탑 야간 음악 분수가 있었다. 아, 얼마만의 한빛탑인가? 1993년에 친구들과 같이 대전 엑스포를 보러 왔었다. 벌써 30년 전 일이었다. 아직 한빛탑이 있구나! 그때 이후로는 까맣게 잊고 있었던 한빛탑과 꿈돌이가 대전에 있었다. 고즈넉하니 홀로 서 있을 것으로 생각했었는데 한빛탑 주변에는 많은 사람이 여름밤을 즐기고 있었다. 한빛탑 앞 광장의 바닥에는 물장난을 칠 정도의 물이 있어 아이들은 물장구를 치고 물속을 첨벙첨벙 뛰어다니고 있었다. 마침 대전 엑스포 30주년 행사 기간이어서 그런지 광장에는 푸드 트럭도 많고 테이블과 의자도 많았다.

'우아, 여기가 핫플이네.'

한낮 더위에는 보이지 않던 사람들이 이곳에 모여 달빛 아래서 먹고 마시고 이야기하고 웃고 있었다. 해가 사라진 여름밤은 살 만했다. 실실 웃음과 감탄이 나올 만큼. 그러고 보니 이번 여행 내내 웃지 못했다. 너무 더워서, 너무 지치고 힘들어서, 일정이 빡빡해서, 아이가 아파서 여유가 없었다.

밤 9시쯤에 음악 분수가 운영되기 시작했다.

'한 번 더 나에게 질풍 같은 용기를 거친 파도에도 굴하지 않게……' 노래 〈질풍가도〉에 맞춰 솟구치는 물줄기를 소소한 바람을 느끼며 바라보았다. 30년 전 우리가 열광했었던 한빛탑이 30년이 지난 후에도 여전히 건재한 것과 한빛탑 주변에 이렇게 많은 이들이 있고 찾아주는 것이 새삼 고마웠다.

영화 〈탑건: 매버릭〉에서 톰 크루즈도 그랬다. 갑자기 웬 톰 크루즈냐고? 요즘 이 책을 쓰는 중이라서 갑자기 톰 크루즈가 막 생각나긴 한다. 아마 음악 분수의 하얀 물줄기가 영화 〈탑건〉 속 전투기의 하얀 연기 자국을 연상시켰을 수도 있다.

영화에서 젊을 때 최고의 조종사였던 매버릭(톰 크루즈)은 30여 년이 지나서 다시 탑건에 돌아온다. 한창 잘나갔을 때는 비치발리볼 경기를 하면서 많은 사람과 어울렸고, 30여 년이 지난 뒤에는 젊은 조종사들의 럭비 경기를 흐뭇하게 지켜보고 또 자신도 같이 어울렸다. 30년 전 엑스포의 상징이었던 한빛탑이 30년이 지나도 여전히 사람들 속에서 어울리고 한빛탑 자신도 외벽에 영상을 투사하는 미디어파사드를 보여 주는 것이 닮았다.

혹시나 내 기억 속 젊은 날의 은색 한빛탑의 번쩍임(그때는 외관이 번쩍번쩍했다)이 오랜 시간이 지난 후 녹슬었을까 봐 걱정되었다. 한낮에는 아무도 찾지 않았던 유적지처럼 말이다.

세월이 흘러 아무도 찾지 않는 장소나 물건을 보게 되면 쓸쓸하다. 분명 인기 있는 장소였을 때는 사람들로 들끓었고, 우리에게 유용한 물건이었을 때는 서로 가지려고도 했을 것이다. 시간이 지나감에 따라 때론 유행이 지나감에 따라 기억 속에서 사라진 것들을 우연히 보게 되면 마음이 편하지 못했다. 사람 역시 그랬다. 나이가 들어 갈수록 내 말이 맞는다며 고집이 세지고 다른 사람의 의견을 받아들이지 않으려는 사람과는 맞추기가 쉽지 않았다. 가까이하기가 힘들었다. 나 또한 나이가 들어감에 따라 주변에 사람들이 편하게 다가오지 못하는 것을 보면서 쓸쓸했다. 아무도 찾지 않는 세월의 흔적을 그대로 간직한 오래된 성처럼 보이는 것 같아 두려웠다.

세월을 받아들이면서 그대로 서 있을 것으로 생각했던 한빛탑은 계속 변화하며 사람들에게 품을 내어 주었고, 사람들이 찾아오게끔 했다. 톰 크루즈 역시 운동하는 젊은 사람들을 보다가 자신도 같이 뛰면서 그들과 함께했다. 언제나 열린 마음으로 관심을 두며 지혜롭게 받아들이는 자세가 중요하다.

음악을 들으면서 한빛탑을 보고 그 아래 펼쳐진 음악 분수와 구경하는 사람들, 아! 어린 여자아이 한 명은 음악 분수 운영 시간 내내 춤을 추었다. 든든한 톰 크루즈와 함께 한 흥겨운 여름밤이었다. 달빛이 교교히 흐르는 밤이었다.

여행이 끝난 후 이번에는 남편이 드러누웠다. 두통과 메스꺼움이 생겼고, 입맛이 없어졌단다. 앞서 뉴스에서 이야기했던 온열 질환자가 되었다. 아무래도 여름 여행은 낮이 아니라 밤 여행인가 보다.

상복이 없다고?

살다 보면 누구는 일이 척척 풀려서 상도 받고 돈도 받고 인정도 받고 사는데 왜 나는 상도 못 받고 모아 둔 돈도 없고 사람들은 나를 몰라 주는지 답답할 때가 있다. 내 인생은 왜 이 모양 이 꼴인지, 세상이 불공평하게 보이고 평탄한 삶은 불가능하게 느껴진다. 그래도 스스로 생각하기에 착하고 성실하게 살아왔는데 말이다.

"김 선생님, 좌절하지 말고 계속 도전하세요. 괜찮아요."
학생들의 인성 교육을 위한 교사들의 지도 사례를 발표하는 인성 교육 실천 사례 발표 대회에서 우리 학교 선생님 여덟 명이 보고서를 제출했는데 나만 떨어졌다. 교감 선생님께서는 나 혼자만 조용히 따로 불렀다. 첫 도전이었고 열심히 노력하지도 못한 것 같아서 나만 떨어져도 그리 신경을 쓰지 않았었다. 아니, 신경을 쓰지 않으려 했다. 그러나 너무나 다정다감하고 친절한 교감 선생님의 힘내라는 위로에 심란해 졌다. 일곱 명의 선생님께서 상을 받으실 때 나는 손뼉을 치면서 그들 중 나 혼자만 떨어진 것이 씁쓸했다.

첫 도전에 실패했던 인성 교육 실천 사례 발표 대회는 그 후로도 줄줄이 낙방했고 이러한 사정을 아는 친구는 이제 그만하라고 했다. 무조건 해야만 하는 것도 아니고 안 해도 되는 것에 굳이 도전해서 스스로 자존감을 낮출 필요가 있느냐고 했다. 누구는 별로 한 일도 없지만 이름만 올렸는데 상을 받기도 했다는 소식을 들었고 누구는 주변 선생님께서 하자고 이끌어서 마지못해 따라 했는데 상을 받는다고 했다. 그러면서 이런 사람들은 상 복이 있는 사람이고, 나처럼 열심히는 하지만 상을 받지 못하는 사람은 상 복이 없는 사람 같다고 했다. 진짜 상 복이 얼마나 없었는지.

그 후로도 많은 연구 대회에 참가했고 어떨 때는 1년 동안 작성한 50쪽의 보고서에 수업 동영상까지 찍어서 제출했는데 보고서 제출자가 거의 없다는 이유로 대회가 폐지되기도 했다. 어떨 때는 나의 부탁으로 미리 보고서를 읽어 보신 선생님께서 좋다고 뽑힐 것이라고 주변에 소문을 내서서 미리 샴페인을 터뜨렸다가 발표 후에는 부끄러워서 고개를 못 들고 다닌 적도 있었다. 그런 나를 주위에서는 안타까운 시선으로 보곤 했다.

그래서 언젠가부터 나는 내가 하고 있는 일을 누군가에게 이야기하지 않게 되었다. 결과 때문에 받게 되는 불필요한 시선에 의기소침해지는 내가 싫었다. 가끔가다가 나도 상을 받긴 했지만, 상 복이 없다는 것을 기정사실로 받아들인 나는 어쩌다가 운이 좋아서 받은 거겠지 하며 뒷말을 흐렸다.

그런데 여기 나하고는 비교가 안 될 정도로 수상과는 인연이 없는 사람이 있으니 바로 톰 크루즈다. 톰 크루즈는 데뷔 이래 40여 년 동안 할리우드와 영화계를 쉼 없이 이끌어 온 배우이다. 그가 출연한 영화가 2023년 현재 쉰다섯 작품이라고 한다. 그의 영화를 한 편도 보지 않은 사람은 찾아 보기 힘들 정도로 그는 할리우드에서 꾸준히 정상의 위치를 유지하고 있는 현재 진행형의 살아 있는 전설 그 자체이다.

그런데 그의 수상 내역이 의외로 간략하다. 1990년에 영화 〈7월 4일생〉으로 골든 글로브 드라마 부문 남우주연상, 1997년에 영화 〈제리 맥과이어〉로 골든 글로브 뮤지컬코미디 부문 남우주연상, 2000년에는 〈매그놀리아〉로 골든 글로브 남우조연상, 2022년 칸영화제 명예 황금종려상 수상이 우리가 한 번쯤은 들어 봤을 법한 유명한 시상식에서의 수상 내역이다. 그는 출연작 중 흥행 실패작이 사실상 없는 것으로 유명하지만, 미국 최대의 영화상인 아카데미 수상과도 인연이 없었다.

그러나 이 세계적인 배우는 아카데미상을 못 받았을 뿐이지 평론가들은 그를 높게 평가하고 대중들은 열광한다. 톰 크루즈는 우리가 흔히 말하는 대로 상 복이 없는 걸까? 그가 상을 받지 못했다고 해도 우리는 그를 상패 몇 개로 평가하지 않는다. 수상 여부와 상관없이 그것에 연연하지 않는 배우와 그를 좋아하는 관객일 뿐이다.

상이란 잘한 행위를 칭찬하기 위하여 주는 것이다. 누가 평가하느냐에 따라 잘한 정도는 달라질 수 있다. 절대적인 것이 아니다. 자기 일과 업무 스타일에 대한 다른 사람의 평가에 그리 연연해할 필요가 있을까? 어차피 내 일과 업무 상황은 내가 더 잘 알고 있는데 말이다.

다행히 내 일의 방식과 내용 및 결과가 주최 측의 의도에 맞는다면 상을 받을 것이고, 다르다면 나를 알아주는 다른 주최 측을 찾으면 된다. 찾기 힘들다면 아직은 없는 걸로 생각하면 마음이 가벼워진다. 무엇보다 다른 사람이 아닌 내가 나를 바라보고 나 자신의 가치를 살피며 나를 인정하면 된다. 내 삶의 순간순간을 일구어 낸 성취에 대한 평가를 타인에게 넘기고 그것에 일희일비하지 않는 것은 삶을 소중히 여기는 태도다.

상을 받을 행운. 상 복이란 게 뭐 별것이 있나? 묵묵히 내 스타일대로 하면 되지.

상 복이 없다고? 그러면 상을 받을 복이 아니라 상을 주는 복을 누려 보면 어떨까? 주체적인 상 복을 위해 말이다. 불가능을 가능으로 바꾸는 것은 유연한 시선과 결과에 연연하지 않는 여유로움이다.

친절한 김 선생님

　사람이 사람에게 보여 줄 수 있는 최대의 감동은 '한결같음'이라는 말이 있다. 힘들 때나 바쁠 때도 주변 사람들이 처음과 끝, 겉과 속이 한결같은 모습으로 나를 대해 주길 바라는 것은 나의 욕심일까?

　우리나라에서 톰 크루즈의 별명은 친절한 톰 아저씨라고 한다. 톰 크루즈도 이 별명을 개인적으로 좋아하는 별명이라고 했다 하니 우리나라 사람들과 톰 크루즈와의 무한한 애정이 느껴진다. 별명을 짓는 것도 별명을 부르는 것도 사랑과 관심이 있기에 가능하다.

　그런데 말이다. 이 별명이 참 익숙하다. 쑥스럽지만 나 역시 친절한 김 선생님으로 불렸던 한때가 있었다. 내가 3학년 담임을 할 때였다. 미술 시간이었는데 학생들이 한 명씩 나에게 자신이 스케치한 그림을 보여 주며 이야기를 나누고 자리로 돌아가서 그림 그리기를 계속하는 방식으로 수업을 진행하고 있었다.

"할아버지 댁에 가서 옥수수를 먹고 강아지와 노는 장면을 그렸어요."

"강아지를 잘 그렸네. 이분이 할아버지시니?"

"네, 주름살 보이시죠?"

"그렇구나. 음, 옥수수의 특징이 나타나게 좀 더 자세히 그려 보면 어떨까? 난 고구마인 줄 알았거든."

"아이참, 선생님. 그런데 옥수수는 어떻게 그려야 하지요?"

"옥수수 알갱이를 올록볼록하게 그리면 되지 않을까?"

다른 종이에 옥수수 비슷하게 그림을 그린 후에 보여 줬다.

"우아, 그냥 제 도화지에 그려 주세요."

"선생님이 그린 옥수수 그림은 빌려줄 수 있으니 보고 그려 보렴, 다음 사람?"

"선생님, 저는 바닷가에 가서 물놀이한 것을 그렸어요."

순간 아무 생각 없이 고개를 들었는데 다른 학년 선생님 한 분이 우리를 지켜보고 계셨다.

"어머나, 언제부터 계셨어요? 말씀하시지요."

"수업 중 죄송합니다. 애들과 이야기 중이신데 중간에 끊을 수가 없어서 보고만 있었어요."

그 선생님과 이야기하고 있는데 물놀이 갔다 온 아이가 나를 툭툭 친다.

"저는 그냥 가져가서 그려도 돼요?"

"아, 여기 튜브를 동그랗게 그려 볼래? 도넛처럼."

"선생님, 저는 뷔페 가서 먹는 거 그렸는데요."

"애들아, 잠시만 기다려 주세요."

그 선생님과 이야기를 끝냈고, 나는 다시 내 자리로 돌아가서 수업을 진행했다.

"미안해, 급한 일이라서. 다시 시작합시다. 이게 모두 음식이야? 이렇게 많이 먹었어?"

며칠 후, 학교에서 대여섯 명의 선생님과 잠시 의논할 일이 있어서 모였는데 좀 일찍 왔던 터라 아직 오지 않은 사람

들을 기다리면서 이런저런 이야기를 했다. 그때 그 선생님께
서 말을 꺼냈다.

"선생님, 저번에 선생님 교실에 가서 놀랐어요. 애들한테
너무 친절하셔서요. 어떻게 그리 상냥하게 말씀하세요?"

"네? 저 별로 안 친절한데요."

동년배지만 지나가면서 몇 번 인사만 했을 뿐 친한 사이는
아니었는데 뜬금없이 지난번에 있었던 일을 화제로 꺼냈다.
아이들 한 명 한 명 물음에 친절하고 상냥하게 답해 주는 내
모습을 보고 자기 모습을 반성했다고 했다.

"김 선생이 원래 애들한테 잘해. 착하고 친절하잖아."

"아이고, 부장 선생님, 왜 이러세요. 이거 커피라도 사야
하나요?"

"역시 친절한 김 선생님이야."

그렇게 해서 한동안 친절한 김 선생님으로 불렸다. 뭐 그
리 오래가지는 않았지만 말이다.

톰 크루즈는 항상 밝은 얼굴로 자신을 보러 몰려온 팬 한
명 한 명에게 사인해 주는 팬서비스로 유명하다. 그는 할리우

드 스타들이 우리나라를 잘 방문하지 않던 1994년, 영화 〈뱀파이어와의 인터뷰〉 홍보 목적으로 방문한 이후 2023년 〈미션 임파서블: 데드 레코닝〉까지 공식적으로 11번 우리나라를 왔다고 한다. 또 TV 방송에도 출연하여 친절하고 다정한 모습으로 감동을 줘서 명실상부한 우리나라 사람들과 가장 친근한 할리우드 배우가 되었다. 친절한 톰 아저씨로 말이다.

내가 친절한 김 선생님이었던 당시 아이들에게 특별히 친절하고 상냥하게 대하려고 애썼던 적은 없다. 그냥 원래 나하던 대로 했던 것이 그 선생님의 눈에 띄었던 것뿐이다. 그렇다면 톰 크루즈 역시 우리나라 사람들에게 팬서비스를 잘해야겠다는 마음으로 한 것이 아니라 평소 사람들을 진심으로 대하고 최선을 다하는 그의 성향이 우리나라 국민이 선호하는 성실성, 책임감과 잘 맞아서 우리가 그렇게 평가하는 것은 아닐까?

사실 한결같은 친절함은 쉬운 것이 아니다. 동네의 친절했던 맛집이 소문나고 손님이 몰려들기 시작하더니 불친절해져서 더는 가지 않게 되었던 일, 결혼 전에는 친절하고 나의 모든 것을 세세히 기억해서 챙겨 줬던 남편이 이제는 내 생일도 잊어버리곤 하는 무심한 사람이 된 일을 다들 경험해 보지 않았는가? 그렇게 불친절해졌다고 생각했던 식당이었는데 그 음식 맛을 못 잊어 늦은 점심시간에 간 적이 있었다. 그 사이 예전에는 없던 브레이크 타임이 생겼는데 다행히 브레이크 타임 직전이었다. 음식을 갖다 주면서 주인은 늦은 시간인데 아직 식사하지 않으셨냐며 맛있게 드시라고 했다. 그리고 종업원들에게 "우리도 이제 좀 쉬자."라고 말씀하시는데 순간 이 식당이 이제는 불친절해져 버린 곳이 아니라 인간미 있고 친근한 곳으로 느껴졌다.

'그래, 바빠서 서두르다 보니 불친절하게 느껴졌나 보다.'

친절의 반대말은 불친절이 아니라 무관심이라 한다. 우리 역시 그 상황이나 사람에게 지속적인 관심을 두고 지켜보지 않고 내가 잠시 본 모습만으로 친절함과 불친절함으로 가르는 것이 아닐까? 친절과 반대되는 무관심 때문에 우리는 친절을 못 알아보는 것일 수도 있다.

그나저나 이 한결같이 친절한 톰 아저씨는 내가 관심을 둘

때나 무관심할 때나 항상 친절하다. 그래서 그를 보고 있으면 나까지 기분이 좋아진다. 친절은 사람을 활기차게 한다.

나의 미션 임파서블한 일상에 톰 크루즈가 들어왔다

집 고장을 남편에게 알리지 마라

며칠 전 아이가 학원을 갔다 오더니 대문에 광고지가 붙어 있다며 나한테 광고지를 내밀었다. 이순신 장군의 결연한 의지가 느껴지는 모습을 배경으로 반듯한 흰색 글씨 한 문장이 적혀 있었다.

'집 고장을 남편에게 알리지 마라.'

그 재치 있는 문장을 보고 과하게 공감하고 말았다.

"하하하, 이 광고지를 아빠한테 보이지 마라."

집 고장 수리 전문 업체의 광고지에는 일주일 동안 50% 할인 이벤트를 실시한다고 적혀 있었다. 50%나 할인한다는 것도 좋았지만, 무엇보다 기뻤던 것은 소소한 고장을 전화 한 통으로 연락해서 고칠 수 있다는 것이었다.

가정용품의 제작, 수리, 장식을 직접 하는 DIY(Do It Yourself)는 전문 업자나 업체에 맡기지 않고 스스로 직접 생활공간을 더욱 쾌적하게 만들고 수리하는 것을 말한다. 요즘 가죽 가방 만들기 DIY 키트, 인형 만들기 DIY 키트, 활성 숯 비누 만들기 DIY 키트까지 다양한 DIY 제품이 있지만, 최근에 새롭게 등장한 개념은 아니다. 1945년 영국에서 시작되어 미국으로 퍼졌다고 한다. 전문가의 도움 없이도 자기 집 안팎을 공사할 수 있게 되어 1950년대에 들어 'Do It Yourself'라는 구문이 일상에 쓰이게 되었다. 그런데도 이러한 DIY가 요즘 들어서 더 유행인 것은 주어진 완제품이 아니라 나의 취향이나 생각을 반영하여 직접 하겠다는 개성과 절약 정신이 맞아떨어진 것이다.

외국 드라마나 영화를 보면 집 밖에 창고가 있어서 그곳에 여러 가지 공구를 두고 물건을 만들거나 고치곤 한다. 그러나 우리나라처럼 단독주택보다 아파트가 훨씬 많은 경우는 사실 물건을 뚝딱 고칠 수 있는 공간이 부족하기에 아마도 이러한 조립식 DIY 키트가 유행하는가 보다.

우리 집에도 이런 DIY를 직접 실천하고자 하는 사람이 있다. 남편은 원래 전자제품을 뜯어 고치기 좋아했다. 그래서 우리 집 데스크톱 컴퓨터 본체의 덮개는 항상 떨어져 있다. 이것이 안 되면 그래픽 카드를 바꾸고, 저것이 안 되면 하드 디스크를 추가하고, 워낙 여러 번 덮개를 조이고 풀다 보니 이젠 아예 떼 놓았다. 처음에는 내부 구조가 신기하기도 하고 혹시나 아이 교육에도 도움이 될까 봐 놔두었는데 요즘에는 덮개가 떨어져 있는 것이 영 거슬린다.

남편은 모든 것을 고치려고 했다. 싱크대 배수관에 물이 새는 것도 고치고 문이 뒤틀려 소리가 나는 것도 고치며 전기가 안 들어오는 것도 해결한다. 시댁의 콘크리트 마당에 푹 팬 곳이 있었는데 그곳을 평평하게 하기도 하고 자동차에서 나는 이상한 냄새의 원인을 찾기 위해서 자동차 분해를 얼마나 했던지. 남편에게는 미션 임파서블한 일이 없는 것 같다. 자기가 톰 크루즈도 아니고. 아니, 맥가이버인가?

그렇지만 이러한 미션을 한 번에 성공한 것은 아니었고 혼자서 해낸 것도 아니었으며 모든 미션이 성공한 것은 더더

욱 아니었다. 천장의 형광등을 바꾸어도 불이 들어오지 않은 날, 나는 남편이 밟고 올라가서 흔들리는 의자를 잡고 남편이 달라는 생소한 이름의 공구를 찾아서 계속 집어 주었다. 방문의 나사를 풀던 날 나와 아이는 나사에 맞는 드라이버를 찾기 위해 온 집을 헤매고 다녔다. 싱크대 배수관 수리 때는 아! 말도 하기 싫다. 배수관이 있는 개수대 아래 싱크대 속에 차곡차곡 넣어 두었던 그릇이나 칼, 냄비 등을 부엌 바닥에 빼놓고 다시 거실 바닥으로 옮겨 놓았다. 그리고 나는 배수관이 있는 싱크대에 물건을 이렇게나 많이 쑤셔 넣어 버린 몰상식한 사람이 되어 고치는 내내 남편의 잔소리를 들어야 했다. 참고로 이날 배수관은 못 고쳐서 전문가를 불렀다. 전문가의 공구를 보면서 남편은 도구가 안 좋아서 이제껏 못한 것이라는 각성을 했다.

남편은 공구를 하나씩 사 모으기 시작했다. 싼 가격에 감동해서 사들인 이케아의 북유럽 스타일 책상을 조립하면서 남편은 전동 드릴과 공구함을 샀다. 형광등을 고치고 나서는 사다리를 샀고, 전원이 켜지지 않는 선풍기를 고치며 전압기를 샀다. 자전거 안장을 높이며 헤드 랜턴과 타이어 공기 주입기를 사고, 더 크고 튼튼한 공구 가방을 샀다. 그중에 가장 필요 없던 것은 코스트코 고압 세척기다. 어디에 쓰는 물건이냐고 물었더니 청소하는 데 최고라며 유리창도 청소하고 자동차 세차도 속 시원하게 할 수 있다고 한다. 그렇지만 그것은 지금까지 쭉 아파트 베란다에 있다. 휴, 내가 나중에 베란다 청소할 때 써 보려고 한다.

며칠 전부터 화장실 환풍기에서 덜덜덜 소리가 나기 시작했다. 이유는 모르겠지만, 소리가 났다 안 났다 해서 아직 남편은 모르는 것 같다. 화장실이 가끔 시끄러운 것은 참을 수 있다. 그러나 이 사실을 알게 되면 남편이 고치려고 할 텐데 슬슬 걱정되었다. 남편은 헤드 랜턴을 끼고 사다리를 타고 올라가 욕실 천장을 들어내고 잘 알지도 못하는 공구들 이름을 대며 나보고 빨리 가져오라고 할 텐데, 물론 그전에 나는 화장실에 있는 물품을 다 빼내야 할 거고. 어쩌면 또 새로운 공구를 사야 할지도 모른다. 만약 그래도 못 고친다면 남편은 온종일 고쳐 보겠다고 씩씩댈 거고…….

그래서 나는 '집 고장을 남편에게 알리지 마라.' 광고지를 남편에게 알리지 않고 조용히 접수했다. 집에는 수많은 공구와 도구들이 임파서블한 DIY 조립 미션 수행을 위해 기다리고 있지만, 어쩌면 남편도 미션 불가능할 것 같은 DIY 임무 수행을 기다리고 있는지도 모르겠지만 말이다. 톰 크루즈의 임파서블한 임무 수행은 흥미진진하고 스트레스가 풀리는데 어찌 남편의 임파서블한 임무 수행은 스트레스가 쌓일까? 미션 임파서블한 임무 수행은 그냥 톰 크루즈에게만 맡겨도 될 것 같다.

친구와 커피를 마시러 갈 때

프랜차이즈는 특정한 상품이나 서비스를 제공하는 주재자가 일정한 자격을 갖춘 사람에게 자기 상품에 대하여 일정 지역에서의 영업권을 주어 시장 개척을 꾀하는 방식을 말한다. 보통 본사에서 메뉴, 운영 방식, 인테리어, 식자재 관리까지 하다 보니 그 가게만의 전문성이나 특별함은 찾기 어렵다. 그래서 프랜차이즈 음식 특히 프랜차이즈 저가 음식은 그냥 싸고 평범한 음식이라는 인식이 강하다. 프랜차이즈 커피 전문점에는 아메리카노, 카페라테 이러한 메뉴들이 있지만 개인이 하는 커피 전문점에는 에티오피아 예가체프, 과테말라 안티구아, 자메이카 블루마운틴 등 원산지와 커피 원두까지 선택하게 함으로써 개개인의 선호도를 중시하기도 한다. 커피 좀 안다고, 커피를 좋아한다고 이야기하려면 왠지 프랜차이즈 커피점보다 개인이 전문적으로 하는 커피 전문점 몇 개 정도는 알아야 할 것 같다. 그리고 프랜차이즈보다는 특별함과 전문성, 개성이 묻어 있는 고급스러운 맛을 즐긴다고 해야 할 것 같다.

그렇지만 프랜차이즈 커피 전문점은 어렵지 않게 다가갈 수 있는 곳이다. 어떠한 상황이든 누구나 편하게 와서 즐길 수 있다.

20년 이상 커피를 마셔 왔으니 이제 커피 맛 좀 알 것 같기도 한데 나에게 커피는 여전히 어렵다. 원두에 따라 고소하기도 하고 풍부한 단맛이 나기도 하며 과일 향이 나는 것, 꽃 향이 나는 것도 있다는데 도통 무슨 과일 향인지, 무슨 꽃 향인지, 아니 원두 커피가 뭐가 달다는 것인지 모르겠다(쓰고 보니 너무 둔한 사람이 된 것 같아서 20년간 마셨다는 글을 지워야 할 것 같다).

오랜만에 친구를 만나서 커피 한잔 하자며 내가 건넨 말은 "스타벅스 갈래? 이디야 갈래?"였다. 나는 친구도 나도 모두가 알고 있는 프랜차이즈 커피 전문점이 어떠냐고 계속 물었다. 조용하면서 독특한 분위기의 매력적인 동네 커피 전문점도 있겠지만 가 보지 않은, 분위기와 서비스가 검증되지 않은 곳은 오랜만에 만난 친구와 가는 것이 부담스러웠다. 물론 프랜차이즈 커피 전문점의 커피가 검증된 맛은 아니긴 하다. 쓴맛이나 탄 맛이 나기도 한다. 오히려 프랜차이즈 커피는 대량의 원두가 필요해서 여러 곳의 생커피콩을 모아서 로스팅해야 하기에 맛의 일관성을 지키기가 힘들다. 또 프랜차이즈는 주문도 많고 빨리 나가야 해서 주문이 밀렸다면 커피 추출기의 유량을 충분히 빼 주지 못하거나 직전에 추출된 커피 찌꺼기가 포터 필터에 끼어 있을 수도 있어서 탄 맛이 나기도 한다.

그렇지만 프랜차이즈는 접근성이 좋고 어느 지점에 가도 비슷한 커피 맛이기에 맛에 대한 신뢰가 있다. 또 나처럼 커피를 잘 모르는 사람에게 프랜차이즈 커피는 일단 믿고 마실 수 있는 커피이므로 친구에게 편히 권할 수 있었다.

그래서 그랬던가. 톰 크루즈 주연의 "미션 임파서블 시리즈"는 믿고 보는 배우의 믿고 보는 영화였다. 그래서 나는

〈미션 임파서블: 데드 레코닝〉이 온 가족이 흥미진진하게 볼 수 있는 영화일 것이라는 믿음이 있었기 때문에 영화 제목만 보고 가족과 함께 영화관으로 갔다. 절대 영화표 값이 아깝지 않을, 본전이 생각나지 않을 영화라는 것을 믿었다. '미션 임파서블'이라는 이 프랜차이즈 영화에 대한 기대감이 있었다. 톰 크루즈의 '미션 임파서블' 시리즈는 어느 편이나 꼭 영화관에서 봐야 할 만큼 속 시원하게 광활한 풍경과 머리카락이 쭈뼛 서는 액션이 펼쳐진다. 그리고 톰 크루즈가 어떡하든 미션을 해결하기에 찝찝하게 끝나지 않을 것이다.

톰 크루즈의 '미션 임파서블' 시리즈는 1996년 첫 번째 미션 임파서블에서 2023년까지 일곱 번째 미션 임파서블까지 진행형이다. 그리고 지금도 여전히 미션 임파서블은 촬영 중이라고 한다. 일곱 편의 미션 임파서블 영화는 어떤 것을 선택해서 봐도 후회하지 않는다. 톰 크루즈가 공중에 매달려 컴퓨터를 조작하는 명장면을 남긴 1편, 칼날이 톰 크루즈의 바로 눈앞까지 떨어지던 2편, 상하이 빌딩에서 뛰어내리던 3편, 맨몸으로 두바이의 부르즈 칼리파 외벽을 타던 4편 등 그 어떤 시리즈를 봐도 흥미진진하다. 프랜차이즈 커피 전문점의 다양한 메뉴처럼 '미션 임파서블' 시리즈는 믿고 즐길 수 있는 각각 다양한 매력이 있다.

친구와 같이 커피 마시러 어디를 가느냐고? 나는 친구도 알고 나도 아는 프랜차이즈 커피 전문점으로 가서 다양한 메뉴를 부담 없이, 고민 없이 즐긴다. 그리고 가끔 그 친구가 생각날 때, 프랜차이즈 커피의 모바일 쿠폰을 보내며 안부를 건넨다.

"잘 지내지? 톰 크루즈의 미션 임파서블 영화 나오면 보러 가자."

추억이 된 자동차가 있습니다

주말 낮, 이리저리 TV 리모컨을 누르다가 영화가 좋다며 영화를 소개하는 프로그램에 채널 고정을 했다. 특별히 볼 것이 없을 때 단편적인 영화 내용과 자세한 설명까지 해 주는 프로그램은 언제나 누구와 같이 있든 무난하게 볼 수 있었다. 마침 TV에 나오는 장면은 영화 〈미션 임파서블: 데드 레코닝〉의 영상으로 로마에서 펼쳐지는 톰 크루즈와 빌런(폼 클레멘 티에프)의 자동차 추격전이었다.

"엄마, 저렇게 박살 난 차는 어떻게 해?"

"폐차하겠지."

나도 모르게 튀어나온 말에 나는 내 차를 그렇게 쉽게 폐차할 수 있을까 생각해 보았다. 내 소유의 가장 비싼 자산이자 나와 오랫동안 희로애락을 보낸 내 차를 말이다.

차 안은 누구에게도 방해받지 않는 나만의 공간이다. 남편과 심하게 싸웠을 때 한마디도 하지 않고 바닷가까지 차를 몰고 가서 차 안에서 엉엉 울기도 했고, 직장에서 강한 민원을 받고 꾹 참고 참았던 속상함이 집에 오는 차 속에서 터져 버려 눈물을 줄줄 흘리기도 했다. 떨리는 목소리로 내 첫 책의 출간 소식에 관한 통화를 하기도 했고, 괜히 센티해지는 날은 라디오에서 들려오는 발라드 노래를 창문 닫고 감정 잡아 목청껏 부르기도 했다. 기름이 부족하다고 주유 표시등에 빨간 불이 들어온 날은 자동차에게 조금만 버텨 달라고 부탁하며 같이 주유소를 찾기도 했다. 또, 앞차가 무리하게 끼어들어 사고가 날 뻔하였을 때는 좀처럼 다른 사람 앞에서는 말하는 일이 없는 걸쭉한 욕설도 차 안에서는 시원하게 했다. 차 안에서는 숨김없이, 가식 없이 모든 것을 다 드러냈었다. 나에게 자동차는 나의 모든 것을 있는 그대로 드러낼 수 있는 편안한 친구이자 나의 속마음을 말없이 받아 주는 속 깊은 친구였다.

그런데 그런 차가 부서졌다고 폐차를 한다고? 폐차가 뭔

줄 아니?

10년 전쯤 아빠는 이제 나이 들어서 운전도 거의 하지 않는데 계속 차만 주차장에 세워 두니 자동차 보험료가 아깝다며 20년 이상 타 오던 차를 처리해야겠다고 했다. 아직 튼튼했지만 너무 오래된 차라서 폐차의 절차를 밟게 되었고 폐차 업체 직원이 직접 와서 차를 가져간다고 했다. 그날 부리나케 친정으로 갔다.

"그럼 이제 어떡하시려고요?"

"뭐 어떡해. 버스 타고 지하철 타고 안 되면 택시 타지, 뭐. 그게 차 보험료보다 싸다."

아빠는 차 키를 넘겨줄 시간이 되었다며 집을 나섰고 나도 따라 나갔다. 차 키를 넘겨주는 걸 머뭇거리시는 아빠를 차마 옆에서 볼 수 없어서 나는 차 주위를 한 바퀴 돌았다. 이 차를 타고 가족여행도 자주 갔었는데. 차 키를 건네고 아빠는 떠나가는 차를 한참 동안 바라보셨다. 그리고 엄마가 집으로 들어가자고 아무리 불러도 차가 주차되었던 빈자리를 바라보시며 꼼짝도 하지 않으셨다.

"엄마, 20년도 더 탄 차예요. 섭섭하시겠지요."

그날 나 역시 떠나가는 차를, 떠나 버린 아빠의 청춘을, 한없이 쓸쓸해 보이시는 아빠의 뒷모습을 하염없이 바라보았다.

지금 내 차도 나와 같이 보낸 지 12년이 넘었다. 자동차에 관한 정비 지식과 관리 지식도 없어 그냥 타기만 할 뿐이지만 주기적으로 카센터에 가서 검진받는다. 주차할 때는 문콕 방지를 위해 가급적 주차장의 한쪽 구석에 주차하고, 과속방지턱을 만나면 차가 충격을 받을까 봐 천천히 지나간다. 비 오는 날 흙길은 될 수 있으면 가지 않는다. 물론 불법주차를 해서 견인되어 낯선 곳에서 어색하게 있던 차를 데려온 적도 있고, 차도와 인도의 경계 턱에 쭉 긁혀 생채기가 난 차를 보며 속상해하면서도 이만해서 다행이라고 쓱쓱 문지르기도 했다. 오랜 기간 자동차와 나 이렇게 둘만 겪었던 경험이 많다 보니 애틋한 기분이 들기도 한다.

사람과 사람 사이 추억이 있듯이 누군가를 기억하게 하는 추억의 물건도 있다. 그리고 물건 그 자체를 추억하기도 한다. 집에는 구석구석 버리지 못한 추억의 물건들이 있고, 물건을 보며 기억해 내는 추억이 있다. 매년 아이의 키를 그어 놓은 연필 선과 그 옆의 날짜들을 보면 "이리 와 봐, 키 재어 보자. 우아, 많이 컸다." 하며 소란스러웠던 가족의 모습이 떠오른다. 친정엄마에게서 받아 온 아이의 담요에는 내가 어릴 때 사용했던 흔적이 있다. 40년의 추억이 고스란히 있다.

영화 속에서 톰 크루즈가 운전하는 부서지고 찌그러지며 문짝이 떨어져 나가는 자동차를 보며 물건의 소유자와 물건의 관계를 생각했다. 그 자동차들은 영화 산업을 위해 자기 한 몸을 바친 자동차이고, 내 자동차는 내 곁에서 나의 변덕스러운 기분을 다 받아 주는 친구 같은 자동차다. 눈치 보지 않고 오롯이 나의 날 것 그대로의 감정을 풀어놓을 수 있는 장소가 자동차 안의 공간이었다. 같은 공간을 소유했던 경험은 기억이 되었고, 기억은 추억이 된다. 나에게는 운전하는 아빠의 뒷모습을 보며 온 가족이 놀러 가곤 했던 추억이 된 자동차가 있었고, 또 언젠가 추억이 될 자동차가 있다.

Ⅱ

어쩔 수 없었다는 말을 믿습니다 :

가끔은 혼란스러운 선택과 실수가
우리를 강하게 만들기도 하지요

내 맘대로 되지 않는 헤어스타일

내 나이를 인정하고 싶지 않지만 '중년' 여성과 어울리는 헤어스타일을 인터넷에 검색했다. 희애 언니도 있고 혜수 언니도 있고 성령 언니도 있고 혜교 언니도 있다. 어, 송혜교가 언니라고? 이 책을 쓴 사람이 몇 살인데? 찾으려고 애쓰지 말자. 작가 나이가 뭐 그리 중요한가, 그냥 언니인가 보다 하면 되지. 식당에는 수많은 이모님을 두면서 말이다.

아무튼 요즘 이 부스스한 머리를 어떻게든 정리해서 나도 우아하고 세련된 꾸안꾸(꾸민 듯 안 꾸민 듯 자연스러운 모습) 스타일로 거듭나고 싶었다. 예전에는 머리카락도 나이 든다는 것을 몰랐다. 그래서 미용실에 가서 내 나이보다 한참 어린 20~30대 연예인의 헤어스타일을 보여 주며 이렇게는 안 될까요? 물어본 적이 있었다.

"고객님, 이 스타일은 관리하기가 힘드세요. 아침마다 고데기로 손질하셔야 해요. 그리고 고객님께서는 머리카락도 가늘고 탄력이 없으셔서 잘 나오지도 않고요. 부스스하게 보일 수 있어요."

나름 소신 있는 헤어디자이너였다. '아.' 고객님의 인정인지 포기인지 모호한 외마디 탄성을 듣고 나서 그녀는 소신을 굽혔다.

"그러면 클리닉 받고 시작해요. 염색한 지 좀 되셔서 얼룩덜룩한 색도 다시 염색하면 깔끔할 것 같아요. 머리카락 끝이 갈라진 곳은 잘라 내면 되고요. 뿌리 파마 하면 머리 뒤쪽 볼륨이 살 것 같아요. 대신 아침마다 손질하셔야 해요."

"넵."

그렇게 헤어디자이너나 나나 한번 해 보자는 마음으로 의욕적으로 시작했었지만 복잡한 시술과 꽤 많은 돈을 들인 헤어스타일은 날이 갈수록 점점 감당되지 않았다. 처음에 예상했던 대로 윤기 없던 머리카락은 손가락도 들어가지 않는 머리카락이 되었다. 힘줘서 손가락으로 빗질을 했다가는 머리카락이 한 움큼 빠질 것 같았다. 연한 갈색으로 염색한 머리카락은 누가 봐도 가을철에 묶어 놓은 부스스한 볏짚 같았다. 한 올 한 올 살아 있는 부스스한 머리카락을 그대로 놔둘 수 없어서 나는 묶고 다녔다. 그 후에 한 달도 되지 않아서 나는 다른 미용실에 가서 머리카락을 숏 커트 스타일로 잘라 버렸다. 물론 그때도 숏 커트가 잘 어울리는 연예인 헤어스타일을 헤어디자이너에게 보여 줬다. 고준희 언니라고.

그렇게 몇 번의 헤어스타일 실패를 겪고 나서 찰랑찰랑하고 윤기 있는 긴 머리카락은 젊음의 상징임을 알았다. 나이만큼 염색과 파마의 횟수가 늘어남에 따라 내 머리카락 역시 내 피부처럼 탄력을 잃고 윤기가 나지 않았지만, 이제껏 난 눈치채지 못했을 뿐이었다.

그래서 이제는 순순히 내 나이에 맞는 헤어스타일을 검색하고 미용실을 찾았다.

"원하시는 스타일 있으세요?"

"뭐, 이렇게 자연스러운 스타일요."

아직 정신 못 차린 나는 미용실에서 기다리면서 본 잡지 속 사진을 보여 주었다.

"이건 고데기발인 것 아시지요? 아침마다 고데기로 손질하셔야 해요."

첨단과학이 하루가 다르게 발전했건만 우아한 헤어스타일은 여전히 고데기가 필요하다. 내가 고데기로 태워 먹었던 머리카락이 얼마인데. 내가 똥손임을 알고 이제 더는 미용 도구를 사지 않는다. 요즘 다이슨 에어 랩은 손질하기가 쉽다고 해서 혹하긴 하는데, 너무 비싸서…….

"그럼 손질하기 편한 스타일로 해 주세요. 아침에 젖은 머리를 말리고 나가기도 힘들어요."

사실 머리카락이 축축한 채로 출근한 적이 얼마나 많았던가. 그러다가 어느 한겨울 출근길에는 머리카락이 뭉텅이로 뻣뻣하게 얼어 버리기도 했다.

가장 손질하기 편한 헤어스타일은 어깨 약간 위로 올라오는 길이에 굵게 파마하는 것이었다. 아침에 드라이기로 말리면서 머리카락만 살짝 뒤로 말아 주면 자연스러운 컬이 생길 것이라고 했다. 그러면서 한번 해 보라고 연습까지 시켜 주시는 이 자상함에 최종적으로 완성된 머리가 좀 맘에 들진 않았지만 웃으면서 미용실을 나왔다. 집으로 오면서 가게 유리창마다 내 머리를 비춰 보았는데 뭔가 탐탁지 않아 자꾸 옆머리를 귀 뒤로 넘겼다. 아니나 다를까 집에 오니 아들 녀석은 엄마 머리가 피라미드 같다고 했고 나는 끝끝내 인정하기 싫었던 말을 내뱉었다.

"삼각 김밥 머리가 됐네."

고백하자면 이렇게 붕 떠서 부스스한 헤어스타일을 예전에도 하고 다녔었다(이쯤 되면 이 스타일이 내가 선호하는 헤어스타일인 줄 알겠네!). 혹시 영화 〈탑건〉에서 항공 점퍼를 입은 톰 크루즈 옆에 있는 여자 친구 찰리(켈리 맥길리스)의 헤어스타일을 본 적이 있는가? 자기 얼굴 크기보다 더 넓은 듯한 면적과 부피를 보여 주던 헤어스타일 말이다. 영화 〈탑건: 매버릭〉 상영 후에 예전 〈탑건〉과 비교하면서 보면 더 재미있다고 해서 1986년 작 영화 〈탑건〉를 보았다. 그 당시 멋짐 뿜뿜이었던 항공 점퍼와 오토바이 그리고 무표정하게 응시하는 눈빛의 톰 크루즈 옆에는 찰리가 있었는데 그녀의 헤어스타일을 보며 '맞아, 저 스타일을 나도 한 적이 있었지.' 하며 웃어 버렸다. 그 당시 나의 헤어스타일에 대한 평가는 처참했다.

대학 1학년, 고등학생 때의 단발머리를 길러 6월쯤에는 제법 어깨까지 내려오는 긴 머리가 되었고 나는 드디어 '파마'라는 것을 처음으로 했다. 어색했지만 파마라는 게 원래 그러려니 했다. 첫 파마를 하고 학교 언덕길을 올라가는데 내려오는 같은 과 남학생을 만났다.

"집에 불났나? 머리가 폭탄 맞은 것 같은데."

정말 폭탄 같은 발언이었다. 나 돌아갈래.

영화 속 톰 크루즈 옆에서 찰리의 바람에 날리는 듯한 머리카락을 보며 나는 돌아갈 수 없는 젊은 날을 추억했다. 한 올 한 올 햇살에 눈부시게 빛나던 그때의 머리카락과 다시는 볼 수 없을 것 같은 풋풋함을 그리워했다. 다시는 오지 않을 젊음과 시간과 그리고 지금, 이 순간을.

김치! 자신 있게 웃어 보자

증명사진이 필요해서 사진관에서 사진을 찍었다. 사진사는 나를 보고 가볍게 입꼬리를 올리며 웃으라고 했고, 나도 분명 살짝 웃은 것 같은데 이런, 세상 심각하다. 아니, 표정이 무섭기까지 하다. 차라리 웃지 말 걸 그랬다. 자연스럽게 웃는 게 왜 이리 어려운지. 그래서 나는 이순구 화백의 '웃는 얼굴' 작품들을 보고 있으면 마냥 기분이 좋아진다. 얼굴의 절반쯤 되는 입과 가지런한 여덟 개에서 열 개의 하얀 이를 드러내고 웃는 얼굴은 보고만 있어도 저절로 마음이 편안해지고 호감을 준다.

보통 웃는 얼굴을 그려 보자고 하면 눈은 초승달처럼 위쪽이 둥근 곡선, 입은 아래쪽이 둥근 곡선으로 그리는데 이것도 좋지만 입을 한껏 벌린 채 고르고 하얀 이가 쭉 보이도록 자신 있게 웃는 얼굴은 보는 사람마저 기분 좋게 하는 뭔가가 있다. 그래, 뭔가가 있다.

상대를 무장 해제시켜 한없이 편안하게 만들어 버리는 이 웃는 얼굴만이 가진 비밀은 바로 윗니들이었다. 그래서 연예인들은 하얗고 고른 윗니를 보이며 웃는가 보다. 기억에 남는 웃는 얼굴은 영화 보는 동안 배우 강동원 얼굴밖에 안 보인다는 영화 〈늑대의 유혹〉에서 우산 속 강동원의 웃는 얼굴과 항상 잘 웃고 다니는 톰 크루즈의 웃는 얼굴이다. 모두 하얀 치아가 유독 돋보인다. 가지런하고 하얀 이는 웃을 때나 말할 때 자신감을 느끼게 한다.

얼마 전, 우리 반 학생 한 명이 점심시간에 커피를 마시고 있는 내게 와서 이런저런 이야기를 했다. 그런데 그 녀석이 대뜸 "선생님 이는 왜 노래요?"라고 말을 했고 나는 커피를 마시다가 순간 입을 다물었다.

"응? 커피를 많이 마셔서 그런가 보다."

나도 모르게 이가 보이지 않게 입을 조금만 벌리며 대답했다. 내 치아가 하얀 편은 아니었지만 평소에 그리 신경 쓰진 않았는데 그 녀석의 관심인지, 장난 같은 물음에 한동안 나의 이를 자꾸 살펴보게 되었다. 아이의 말 한마디에 나도 모르게 의기소침해져 버렸다.

"엄마 이가 많이 누러니?"

"좀 그렇긴 한데. 괜찮아."

"그나저나 너도 치아 상태가 안 좋은데 걱정이다."

아들은 앞니 두 개가 앞으로 뻗쳐 있다. 그렇다고 입이 튀어나온 것도 아니고 외적으로 표시가 나지 않아 신경을 쓰지 못했는데 언젠가부터 가끔 아이는 검지로 두 앞니를 안으로 미는 버릇이 생겨 버렸다.

"너도 신경 많이 쓰이니?"

"조금."

내가 무심했다. 나는 고작 다른 사람의 한마디에 몇 날 며칠 신경 쓰면서, 내 아이는 이제껏 몇 년간 신경을 썼을까. 손가락으로 미는 버릇까지 생기게끔 놔둔 엄마가 나라는 게 한심했다.

나는 안 되더라도 내 아들은 강동원 같고 톰 크루즈 같은 미소를 가지면 좋겠다고 생각하는 것은 엄마들의 바람이 아닐까? 내가 공부 못했어도 내 자식은 공부 잘했으면 싶고, 나는 키가 작아도 내 자식은 키가 컸으면 하는 것처럼 말이다.

생긴 대로 살자고 생각했다. 굳이 순리를 거스르지 않으려고 했다. 그래서 나이에 따른 주름살도 인정했고, 너무 인위적인 화장이나 향수는 불편했다. 떠나려는 사람에게는 그의 마음을 이해하며 굳이 잡지 않았고, 과장되거나 인위적인 상황에는 적응을 못 해 얼른 빠져나오려 했다.

그런데 내 아이의 고르고 하얀 이는 자꾸 열망하게 된다. 몇 년이 걸리더라도 삐뚤어지게 난 이를 고쳐 주고 싶었다. 나와 남편은 물론이고 친정 가족과 시댁 가족까지 치아 교정을 한 사람이 없었다. 심지어 친구들마저 치아 교정 장치를 하고 나타난 적도 없었다. 그래서 많이들 한다고 하지만 나에게 있어 치아 교정은 생소한 것이었다. 우리 집안 최초의 치아 교정이다 보니 선뜻 진행하지 못하고 망설이고 있었다. '꼭 해야 할까?'

인터넷에서 치아 교정을 검색하다가 깜짝 놀랄만한 사실을 알게 되었다. 톰 크루즈는 치아 교정에도 등장했다. 배우를 꿈꾸던 톰 크루즈는 포기하지 않고, 열정을 가지고 치아 교정에 도전해서 훌륭한 결과를 얻었다고 치과에서는 홍보하고 있었다. 그러면서 치아 교정은 단지 외모 개선에만 관련된 것이 아니라 개인의 자신감과 사회적인 성공에도 긍정적인 영향을 미칠 수 있다고 했다. 톰 크루즈가 바로 치아 교정의 성공 사례였다. 그의 어릴 적 사진을 보면 부러지고 들쑥날쑥한 앞니가 유독 눈에 띈다. 그의 표정마저 어딘가 불만스러워 보이는 사진과 치아 교정 이후의 톰 크루즈의 웃는 사진 즉 비포 앤 애프터(Before & After) 사진을 보며 나는 아이를 데리고 치과로 갔다.

앞서 이야기했던 이순구의 웃는 얼굴 그림은 처음 본 순간부터 눈에 띄었다. 그래서 새로운 학급 아이들과 만나는 학년 초에는 이 '웃는 얼굴' 작품을 보여 주곤 했다. 그리고 너희가 이렇게 많이 웃었으면 좋겠다며 자신의 웃는 얼굴을 그려 보자고 했었다. 웃는 얼굴을 그리는 아이들은 자기가 그린 웃는 얼굴을 보고 웃었고, 그런 모습을 보는 나도 웃었다. 그 와중에도 자신 있게 웃지 않는 아이들이 눈에 들어오는 것은 교사의 어쩔 수 없는 직업 정신일까? 웃긴 상황인데도 소리 내어 웃지 않고 조용히 씩 웃고 마는 아이들을 눈여겨보았다. 자신감이 부족하고 내성적이어서 그런 건지 요즘 힘든 일이 있는 건지 아니면 원래 잘 웃지 않는 시크한 성격인지 여러모로 고민했다. 지금 생각해 보니 여기에 삐뚤하거나 튀어나온 자기 치아 모양 때문에 조용히 웃고 있었던 것은 아니었는지 이 이유도 하나 더 추가해야 할 것 같다.

난 부모의 열정으로 아들에게 치아 교정을 권했다. 그래서 모순적으로 들리겠지만, 사람들이 치아 모습과 상관없이 자신 있게 웃었으면 좋겠다. 물론 누런 이 때문에 입을 조금만 벌려 중얼중얼 말했던 바로 나도 포함해서.

웃는 표정을 연습하다 보면 웃는 얼굴이 되고, 웃는 얼굴로 지내다 보면 웃는 사람이 된다. 톰 크루즈처럼 호감을 주는 자신감 있는 사람이 되는 그날까지 연습해 볼까?

1. 평소에 '아/에/이/오/우' 발음을 반복하여 경직된 얼굴 근육을 풀어준다.

2. 화장실에서 거울을 볼 때마다 입꼬리는 올리고 눈꼬리는 내려서 미소를 짓는다.

3. '김치'라고 소리를 내어 윗니 8개가 보일 수 있도록 웃는 연습을 한다.

키 170cm를 뛰어넘어

"일찍 자라. 10시 전에는 자야지.", "운동해라, 특히 줄넘기 해라.", "단백질 많이 먹어야지."

이 소리는 모두 키 크기를 염원하는 우리나라 엄마들의 잔소리이다. 앞서 말한 고르고 하얀 치아가 매력적인 사람의 화룡점정이라면 키는 그냥 용이다. 물론 키조차 결혼 조건이 되고, 키 작은 남자는 루저(패배자)라고 무시하며 사람을 키로 판단하려는 요즘 세태가 맘에 안 들긴 하다. 우리 부부처럼 둘 다 키가 작은 부모들에게는 더욱더 그렇다. 작은 고추가 맵다는 속담도 있지 않으냐고 말하겠지만, 그 속담도 마음에 안 든다. 키가 작아도 야무지게 일을 하거나 머리를 잘 써서 제 몫을 한다는 말이 키가 작은 사람은 키가 약점이니까 대신 다른 것을 잘한다는 생각에서 나온 말 같아서 더 갑

갑하다.

　벌써 몇 년 전, 아이가 초등학교 저학년 때 일이다. 아이의 성장판 검사 결과를 듣기 위해 서둘러 퇴근하고 급하게 병원에 갔다. 아이를 데려갈 수 있었지만, 혹시나 나쁜 결과에 아이가 의기소침해질까 봐 시댁에 아이를 맡기고 혼자서 갔다. 부모가 작은 탓인지 내 아이도 반에서 제일 작다. 어릴 때는 작아도 귀여운 모습에 "걱정이다, 곧 크겠지."라는 말만 했지 키 성장을 위한 어떠한 시도도 하지는 않았는데 점점 커 갈수록 무엇인가를 해야만 할 것 같았다. 그 구체적인 첫 시도가 성장판 검사였다.

1

6

9

cm

　예상되는 성인 키가 169cm란 말에 가슴으로 무언가 쿵 내

려앉는 기분이 들었다.

'아!'

170cm보다 작은 남편은 상관없지만 내 아들은 그러면 안 되는 거잖아. 의사는 그나마 뼈 나이가 실제 나이보다 1년쯤 어리다고 위로의 말은 했지만 멍해지는 건 어쩔 수 없었다. 병원 건물 아래층의 대형 할인점에서 장을 보다가 고기 전시대를 보니 이유식을 먹일 때부터 아이의 성장을 위해 저울에 무게를 재서 매일 살코기를 먹였던 친구가 생각났다.

'친구의 아들은 우리 애보다 머리 하나는 더 크던데, 줄넘기 학원을 그만둔다고 했을 때 설득해서 계속 다니게 했었어야 했나.'

시댁에서 저녁까지 먹었다는 아이를 남편의 퇴근길에 데리고 오라고 부탁하고, 난 혼자 집에 와서 소파에 멍하니 누워 휴대전화로 키 크는 방법에 관한 기사를 검색했다. 그러다가 〈미라로 변한 새끼 들고 다니는 어미 원숭이〉라는 좀 자극적인 제목의 기사를 클릭했다. 죽은 지 오래되어 미라처럼 앙상한 뼈밖에 남지 않은 원숭이 새끼를 들고 다니는 어미 원숭이에 관한 기사였다.

어미 원숭이는 자식을 아직 떠나보낼 수 없었나 보다. 갑자기 눈물이 얼굴을 타고 흘러내려 소파를 적셨다. 죽은 새끼를 놓지 못하고 항상 데리고 다니는 엄마 원숭이의 모성애 때문인지, 내가 엄마로서 제대로 신경 쓰지 못한 미안함 때문인지, 나중에 아이가 커서 작은 키로 혹시나 모를 편견에 힘들어할까 봐서인지, 그깟 키가 뭐라고 키 때문에 이렇게 속상해하는 나 때문인지 왈칵 눈물샘이 터져 버렸다. 죽은 새끼를 끝까지 놓지 못하는 엄마 원숭이와 키를 놓지 못하는 내 모습이 오버랩 되었다. 나는 무엇을 놓지 못하는 걸까?

엄마 원숭이는 새끼를 인제 그만 땅에 묻어야 하고, 나도 이 마음을 묻어야 한다는 걸 안다. 외면보다 내면이 중요한 것도 안다. 예상 키이기에 환경에 따라 더 클 수 있다는 거 안다. 다 안다. 그러나 그날은 너무 속상해서 컴컴해진 저녁까지 엉엉 울었던 기억이 있다.

작은 키에 대한 열등감으로 지나치게 공격적으로 행동하는 나폴레옹 콤플렉스의 주인공인 나폴레옹의 키는 168cm이고, 노예 해방을 끌어낸 미국의 대통령 에이브러햄 링컨은 163cm, 제2차 세계대전을 승리로 이끈 윈스턴 처칠도 163cm라고 한다. 거기다 미션 임파서블한 임무를 수행하는 매력적인 미소의 톰 크루즈의 키 역시 170cm 정도이다. 내가 이 책을 통해 썼던 톰 크루즈를 나타내는 수많은 특징 중에 170cm라는 키가 있을 뿐이다.

키? 키는 중요하지 않다고 극구 부인하고 싶진 않다.

"나는 성격이 좀 급하고 의리를 중요하게 생각해. 머리카락은 짙은 갈색이고, 아! 키는 좀 작아."

이렇게 말하며 자신의 키 역시 인정하고 받아들이면 된다. 나를 나타내는 수많은 특징 중의 하나일 뿐이다. 하나에만 연연할 필요는 없다.

글의 앞부분에서 언급했던 화룡점정 '용을 그린 다음 마지막으로 눈동자를 그리다.'에서 키는 용 몸체라고 오열했는데 (사실 오열까진 아니었다. 기억이 안 나면 앞으로 한 장만 넘겨 보자) 어차피 용 그림일 뿐 진짜 용은 아니다. 진짜를 찾자. 키보다 외모보다 나를 더 잘 나타낼 수 있는 진짜 모습을.

책 읽기를 못한다고 난독증을 의심했다

    책을 소리 내어 읽는 것은 집중력 상승, 기억력 증진, 자신감 향상에도 도움이 된다. 그래서 가끔 내 아이에게 소리 내어 책을 읽으라고 했다.

    "곰이 어슬렁어슬렁 그에게 다가오고 있었습니다. 허둥지둥하던 그는 그 자리에서 죽은 듯이 땅바닥에 납작 엎드렸습니다. 곰은 죽은 고기를 먹지 않는다는 말을 어디선가 들은 적이 때문이었습니다. 마침내 곰이 고기를 먹지 않는다는 말을 어디선가 들은 적이 있기 때문이었습니다. 마침내 곰이 엎드려 다가와 있는 그에게 코를 들이밀고 킁킁거리며 냄새를 맡았습니다. 곰은 너무 무서워서 숨도 제대로 못 했습니다."

    "잠깐, 정신 차리고 집중해서 읽어 봐. 저번에도 그러더니 왜 자꾸 낱말을 빼먹거나 바꿔서 읽니?"

순간 머릿속에 스친 단어는 난독증이었다.

엄마는 아이 한 명을 두고 온갖 걱정과 바람으로 밤잠을 설치기도 한다. 다시 한번 자식 이야기로 시작하면서 이쯤 되면 일상 속 톰 크루즈가 아니라 자식 이야기가 아닌가 하는 생각이 들기도 하지만 어떡하랴, 톰 크루즈가 난독증이었다고 하는데.

설마 하는 마음으로 인터넷에서 난독증의 정의와 증상을 읽어 보며 나는 밤잠을 설쳤다.

'어머 어머, 어떡하지. 우리 애도 맞춤법을 자주 틀리고 글을 읽을 때 낱말을 생략하고 읽을 때가 많은데. 그리고 자주 낱말의 순서를 바꿔서 읽기도 하고. 맞아, 글쓰기 능력도 부족하고 어릴 적에 글자 공부도 관심이 없었어.'

난독증 치료는 어릴수록 효과가 좋다고 했다. 언어치료센터, 아동발달클리닉, 신경과, 소아정신과 등에서 상담하고 검사를 받을 수 있다고 했다. 아니겠지, 아닐 거야 하는 마음으로 애써 외면했지만 며칠 동안 인터넷에 두뇌발달연구소,

아동발달센터, 상담심리센터 등을 검색하고 있었다. 그냥 상담 먼저 받아 볼까? 혼자서 고민만 하다가 남편에게 제목은 빼고 증상 유형만 보여 줬다.

"어때, 우리 아이와 비슷하지 않아?"

"글쎄, 잘 모르겠는데. 이게 뭔데?"

"난독증 자가 진단 테스트."

"또 쓸데없는 걱정 한다. 난독은 읽어도 무슨 소리인지 잘 모른다는 거잖아, 우리 애가 뭐가 그런데? 이 내용을 읽고 제대로 이해를 못 하는 엄마가 난독이네."

갑자기 모전자전이 되어 버렸다.

앞부분에서 우리 아이가 읽은 동화는 「곰이 준 교훈」이라는 이솝우화이다. 내가 인용한 부분에서 우리 아이가 잘못 읽은 부분은 모두 다섯 군데다. 어, 그렇게 많았어? 이렇게 생각되면 다시 한 번 찬찬히 읽어 보길 권한다. 『박철범의 방학공부법』에 의하면 우리는 어떤 정보를 대할 때 그 정보의 모든 부분을 체크하지 않고 단지 처음과 끝부분만 입력하려는 경향이 있다고 한다. 중간의 빠진 부분은 자신의 기억 창고에서 가져와서 빠르게 메워 넣는다고 한다. 우리 아이는 책을 읽을 때 문장을 반복하고('고기를 먹지 않는다는 말을 어디선가 들은 적이 있기 때문이었습니다.' 중복) 낱말을 빠뜨렸다.(제대로 못 했습니다.→제대로 쉬지 못했습니다. / 들은 적이 때문이었습니다.→들은 적이 있기 때문이었습니다.) 또 낱말 순서를 바꾸거나(엎드려 다가와→다가와 엎드려) 다른 낱말(곰은 너무 무서워서→그는 너무 무서워서)로 대체해서 읽었다.

난독증은 듣고 말하는 데 문제는 없지만 문자를 판독하는 데에 이상이 있는 증상이다. 즉 단어를 정확하고 유창하게 읽지 못하거나 철자를 기억하지 못하는 증상을 보인다. 중증일 경우, 처음 보는 낱말은 읽을 수 없으므로 혼자서 책을 읽을 수 없다고 한다. 따라서 중등도의 난독증이 있는 아동은 책을 혼자 읽을 때 정확하게 읽지 못하며 떠듬떠듬 읽는 것처럼 보인다. 그렇지만 책을 읽어 주면 잘 이해할 수 있고 수학 문제도 읽어 주면 풀 수 있다고 한다. 난독증이 있으면 글자를 제대로 읽지 못하기에 독서도 싫어하고 공부하는 일이 어려울 수밖에 없다. 이것은 학습 장애로 이어질 수도 있다. 이럴 때 아이가 머리가 안 좋아서 공부를 못한다고 한숨짓고 윽박지르며 공부를 시키는 것은 아이나 부모 모두에게 못 할 짓이다.

난독증은 지능과는 관련이 없다. 레오나르도 다빈치, 베토벤, 에디슨, 아인슈타인, 처칠, 피카소, 스티븐 스필버그, 조지 부시 대통령 그리고 톰 크루즈 등이 난독증을 앓았다고 한다. 흔히 난독증은 문맥을 파악하지 못하는 사람으로 비하하는 말로 사용되기도 하지만 실제 난독증 환자는 글 자체를 읽기 힘들어한다고 한다. 일부 사람들은 책을 펼치면 글씨가 이리저리 떠다닌다고 하기도 하고 또는 글씨가 심하게 흔들린다고 호소한다고도 하니 그들이 이를 이겨 내고 이룬 성취는 놀라울 따름이다.

특히 대본의 대사를 읽고 외워야 하는 배우에게 난독증은 치명적이다. 난독증을 앓고 있다고 이야기한 우리나라 배우 조달환은 아직도 한글을 잘 모른다며 대본을 한 번도 제대로 이해해 본 적이 없다고 말했다. 톰 크루즈는 일곱 살 때 난독증 증상을 진단받아 본인이 읽거나 쓰는 부분들과 발음 또한 정확하지 않아서 일상생활을 하는 데 굉장히 애를 먹었다고 한다. 고등학교 시절 선생님의 추천으로 연극에 참여한 것을 시작으로 배우의 길을 꿈꾸기 시작했는데 대사를 외우려고 해도 계속 헷갈리니 주변에서 글을 읽어 주면 이를 암기하는 방법으로 영화를 촬영한 것으로 알려졌다. 그는 난독증을 극복하기 위해 고도의 집중력을 요하는 훈련을 거듭한 끝에 머릿속에 대본을 시각화하는 등 각종 방법으로 난독증을 극복했다고 한다. 그의 영화 〈미션 임파서블〉처럼 하면 된다는 것을 몸소 실천하여 보여 주고 있는 산증인이라 할 수 있다.

흔히 책을 읽기 싫다거나 머리에 안 들어온다고 하면 공부하기 싫어서 그런다고 말하곤 한다. 나 역시 아이가 그렇게 책을 읽었을 때, 집중 좀 하라고 야단을 쳤다. 왜 그런지 그 원인은 살펴볼 생각도 하지 않고 결과만으로 남들과 비교하며 내 생각대로 이유를 파악해서 다그쳤다. 정말 공부하기 싫어서 그럴 수도 있고, 피곤해서 대충 읽은 것을 수도 있다. 아직 책 읽기와 한글 해독이 능숙하지 않다거나 구강 구조의

문제 때문일 수도 있다. 또는 시력이 안 좋아서 그럴 수도 있으며 어쩌면 진짜 난독증이 있을 수도 있다.

어찌 되었든 원인을 파악하고 그것에 맞게 도와주면 되는데 우리는 원인 찾기를 게을리한다. 수많은 원인이 있지만, 그냥 보이는 결과 하나로 그 이유를 제 맘대로 단정 짓는다. 공부하기 싫으니 공부를 안 하고, 책 읽기 싫으니 독서하지 않는다고 말한다. 세심한 관찰과 관심이 필요하지 않을까?

참, 이솝우화를 읽던 내 아이는 이제 안경을 낀다. 시력이 0.2였단다. 그 시력으로 안경 없이 학교에서 공부하고 책 읽던 내 아이도 미션 임파서블한 학교생활을 수행 중이었다.

내 아이의 자폐 성향

"네가 초등학교 선생님이니까 물어보는데 반에 자폐 학생이 있다면 적응을 잘하니?"

"자폐의 정도에 따라 다르긴 해요, 그런데 왜요?"

결혼 전에는 종종 만나기도 했으나 지금은 가끔 안부만 묻는 친척 언니에게서 12월 말쯤에 전화가 왔다. 아이의 초등학교 취학통지서를 받고 마음이 싱숭생숭하다며 말문을 연 언니는 뜬금없이 학교에서 자폐 학생이 어느 정도 있는지 학교생활 적응은 잘하는지 물었다.

"실은 우리 민수가 자폐 성향이 있거든. 자폐라고 진단을 받은 것은 아니지만, 걱정되네."

어릴 적 보았던 조카의 모습이 어렴풋이 떠올랐다. 언니는 민수의 발음이 불분명하다고 종종 걱정하기도 했지만 어린

민수는 글자에 관심이 많고 집중력도 높았다. 물론 자기가 좋아하는 것만 하려는 경향이 있었고 변화를 싫어하는 예민함은 있었지만, 그 당시 나는 애들이 그럴 수도 있지 하며 눈여겨보지 않았다.

나도 결혼하고 아이를 키워 보니 아이들의 행동에 일희일비하는 것이 얼마나 부질없는 것인지 느끼기도 한다. 아이가 자꾸 까치발을 들고 걷는 것을 보며 혹시 자폐 스펙트럼 행동인가 싶다가도 층간소음 걱정으로 뛰는 아이를 야단치는 나를 보며 혼자서 웃곤 했다. 아이는 온 마을이 키워야 한다는데 가정에서 엄마 혼자서 키우게 되니 부모는 다양한 사례를 알지 못해 조급하게 혼자 결정하고 홀로 고민한다. 그러다가 주변의 내 아이 또래를 키우는 이웃에게나 나같이 아이들을 많이 접하는 사람에게 고민을 살짝 털어놓기도 한다.

"언니, 민수가 어떤데요?"

"자기가 항상 하던 대로만 해야 하고, 아직 운동신경이 발달하지 않아서 손으로 하는 행동은 다 둔하고 느려. 그리고 친구들과는 교류가 잘 안 되고 혼자서 놀지, 뭐. 다행히 글자 읽는 것을 좋아해서 한글은 읽고 쓸 수 있어. 학교에서 이상한 아이로 잘못 비치진 않을까 걱정도 되고 무엇보다 학교생활 잘해 나갈 수 있을까 걱정이다."

"아이고, 1학년이 다 거기서 거기지요. 비슷해요. 그렇게 걱정할 정도는 아닌데요. 벌써 읽고 쓰는 것까지 능숙하다면서요. 그나저나 민수는 초등학교 간다니까 뭐라고 해요?"

"초등학교 가는 것은 좋아해. 요즘 학교까지 걸어가는 거 나랑 계속 연습하고 있잖아."

학교에는 종종 자폐 성향을 보이는 아이들이 있다. 물론 자폐 스펙트럼을 가지고 있다고 진단받은 아이들도 있고 신체 장애, 발달 지체 등 특수교육 대상자 판정을 받은 아이들도 있다. 섞여서 배우고 놀면서 사회화를 경험하게 된다. 이 경험이 서로를 이해하고 편견 없이 대할 수 있는 바탕이 되는 것이 아니겠는가.

나 또한 1학년 담임을 할 때 자폐 스펙트럼과 동시에 발달 지체 증상을 가진 학생을 만났다. 그 아이는 숫자와 자동차의 로고에 강한 집착을 보였고 온종일 차 이야기만 했다. 의사소통이 제대로 되지 못했다.

"18번 버스 타고 가요. 18번 버스 타고 가요?" 아무튼, 이런 식이었다. 흔들거림과 반복적인 되새김, 아이의 어투와 행동은 자연스레 내가 알고 있는 자폐증 증상이 있는 사람을 떠올리게 했다. 더스틴 호프만과 톰 크루즈 주연의 영화 〈레인맨〉속 형 레이먼드였다. 레이먼드는 정해진 장소와 시간에 해 오던 일을 꼭 해야 하는 강박이 있었다. 같은 위치 같은 장소에 물건이 있어야 하고, 요일별로 먹어야 할 음식과 TV 프로그램도 있었다. 그리고 숫자와 암기에 천재적인 재능이 있었다.

영화에서 자동차 중개 사업을 하던 동생 찰리(톰 크루즈)는 돈이 궁색하던 차에 아버지의 사망 소식을 전해 듣고 장례식에 참석한다. 찰리는 아버지와의 불화로 서로 안 보고 살았는데 그런 찰리에게는 자동차를, 형에게는 3백만 달러의 유산이 상속되었다는 것을 알게 된다. 수소문해서 찾은 형은 자폐 증상으로 정신병원에 있었고 찰리는 아버지의 유산 중 절반을 자신의 몫으로 얻어 내기 위해 형을 병원에서 몰래 빼내어 자신이 일하는 LA로 데려가고자 한다. 유산 때문에 형과 시간을 보냈지만 둘이 함께하는 여정을 겪으며 형을 진심으로 이해하고 사랑하게 된다는 내용이다. 이 영화는 더스틴 호프만의 자폐 스펙트럼 연기와 톰 크루즈의 섬세한 감정 연기 그리고 갈수록 변화되는 인물의 심정을 잘 담아내서 많은 사람에게 감동을 주었다. 나 역시 자폐 스펙트럼 하면 〈레인맨〉의 더스틴 호프만을 떠올릴 만큼 연기가 뛰어났다.

담임교사로 1년을 지켜보는 나는 영화 속 톰 크루즈처럼 변해 가기 시작했다. 처음에는 아이의 모습을 조금이라도 바꾸어 보려고 성급하게 애썼다. 좋아하는 사람이나 물건이 있으면 손가락에 침을 발라 닦는 버릇을 고쳐 보려고 했다. 급식 시간에 좋아하는 음식이 나오면 계속 그 앞에서 서성이는 아이에게 자리에서 기다리다가 이름이 불리면 나오는 것을 반복적으로 연습시켰다. 교실을 계속해서 돌아다니는 아이에게 가만히 있기를 종용하며 연습시켰다. 혼자서 고민했고 때로는 그 아이에게 엄한 소리와 호통을 치기도 했다. 톰 크루즈가 자폐 스펙트럼과 서번트 증후군이 있는 형의 행동에 화를 내고 소리를 치다가 점점 형을 이해하고 형의 증상을 받아들인 것처럼, 나 역시 어느 날 우리 반 그 아이가 내 옷에도 손가락으로 침을 바르는 순간 '이 아이가 나도 좋아하는구나.' 싶어서 괜히 울컥하기도 했다.

나는 영화 〈레인맨〉 덕분에 자폐 스펙트럼을 좀 더 이해하게 되었고, 이를 옆에서 지켜보는 사람의 심적 변화까지 공감하게 되었다. 세상은 다양한 사람들이 같이 사는 곳이다. 그리고 어릴 때부터 자연스레 그들과 어울려 살아갈 수 있도록 많은 경험을 겪어 봐야 한다.

영화 속 톰 크루즈와 더스틴 호프만이 길에서 나란히 걷는 장면처럼 우리가 모두 어떤 차이를 가지든 나란히 걸어가는 장면을 상상해 본다. 거기에는 자폐 스펙트럼 덕분에 톰 크루즈와 나도 비슷한 감정으로 같이 길을 걸어가는 듯하다. 그리고 내 친척 언니도 아무 걱정하지 말고 민수를 데리고 같이 걸어갈 수 있었으면 좋겠다.

우리 동네 유명인

아이의 책가방에서 구겨진 학교 통신문을 빼냈다. 왜 이런 것은 받자마자 바로 주지 않는 건지, 벌써 며칠이나 지난 것이었다. 1학기 학부모 공개 수업 안내 및 신청 통신문으로 아직 신청 기한은 지나지 않았다. 초등학교와 달리 중학교에도 학부모들이 공개 수업을 보러 오나 궁금했다. 중고등학생 자녀의 공개 수업을 보러 갔다가 교실에서 혼자서 보고 왔다는 이야기를 종종 듣곤 했다.

"중학생이 되면 엄마가 공개 수업 보러 학교에 잘 가지 않는다고 하던데."

"선생님께서 보통 두세 명 정도 오신다고 했어."

"엄마는 어떡할까? 갈까? 가도 돼?"

사실 내 자녀의 공개 수업을 한 번도 본 적이 없다. 초등학교 저학년 때는 아이와 같은 학교에 재직하고 있어서 같은 날에 하는 공개 수업을 볼 수 없었고, 고학년 때는 학교는 달랐지만 코로나19로 인해 학교에서 학부모 공개 수업을 하지 않았다. 초등학교 1학년 공개 수업 때는 다행히 시간이 달랐지만, 혹시나 내가 같은 학교 교사임을 다른 엄마들이 알아볼지도 모른다는 부담감에 슬쩍 들어갔다가 아이가 앉아 있는 뒤통수만 보고 나온 적이 있었다.

학부모님들로 교실 뒤편이 가득한 공개 수업이 끝나면 아이들은 자신의 엄마를 찾아가서 신나게 이야기한다. 반면 부모님께서 오지 못하셨는지 자기 자리에서 그냥 어슬렁거리는 아이들을 바라보면, 내 자녀가 생각나서 괜히 착잡했다. 한 번쯤은 꼭 뒤에서 자녀의 공개 수업을 보고 싶었지만, 학급에 두세 명밖에 오지 않는다는 중학교 1학년의 공개 수업 참관은 좀 부담스럽긴 했다. 그리고 무엇보다 내가 공개 수업을 보러 갈 수 없는 치명적인 이유가 있었으니.

아이가 다니는 중학교에는 나의 제자들이 많다. 작년에 나는 6학년 담임을 했고 우리 학교에서도 그 중학교로 많은 아이들이 진학했다. 내가 그 학교에 나타나면 "어! 6학년 1반쌤 아냐?", "선생님 맞지?", "선생님, 안녕하세요?", "선생님이 왜 오셨어요?", "혹시 선생님께서 우리를 감시하려고?", "에이 설마, 선생님 애가 우리 학교 학생이에요?", "누군데요? 우리 반이에요?"

중학교 복도에 들어선 순간부터 아이들이 혹시나 나를 알아보고 소리치며 술렁일까 봐, 나름 카리스마 넘치는 초등학교 6학년 담임 선생님이었는데 여기서 어리바리한 선생님을 보게 된 것이 못내 재미있어서 아이들이 수업에 집중하지 못하고 공개 수업 중간중간 나를 쳐다볼까 봐 걱정되었다. 무엇보다 누가 선생님 아이냐며 물어보면 조용한 내 아이는 어쩔 줄 몰라 귀까지 빨개지며 고개를 푹 숙이게 될까 봐 그냥 포기했다. 아, 유명인의 삶은 이런 것인가!

고작 학교 선생님인데도 혼자서 유명세를 치르고 있는데 연예인이라면 어떨까, 마스크 끼고 모자를 써서 어느 정도 정체를 감춘 뒤 일상생활을 하는 그들의 모습은 종종 파파라치 사진을 통해서도 본다. 물론 요즘 〈나 혼자 산다〉라는 텔

레비전 프로그램을 통해 그들의 일상 같지 않은 일상을 보기도 하지만 어디 가나 알아보고 나의 행동 하나하나가 가십거리가 되는 유명인의 일상은 쉽지 않을 것 같다. 동네 목욕탕조차 가기 힘들다는 어느 원로 연예인의 말처럼 연예인은 사람들의 관심으로 이루어지지만, 그 관심 때문에 마음대로 다니는 것도 불편하다. 너무 알아봐도 불편하고 전혀 못 알아보면 더 불편한 우울함.

나 역시 아이들이 알아봐도 불편했을 것이고, 전혀 못 알아봐도 서운했을 것이다. 그렇다면 나한테 아는 척하는 아이들에게 톰 크루즈처럼 편안하게 인사하면 어땠을까? 인터넷에서 찾아보면 우리나라 서울 거리에서 톰 크루즈와 찍었다는 인증 사진이 꽤 있다. 식당에 들어가려는 톰 크루즈를 보고 아는 척하며 환호하자 톰 크루즈는 손을 흔들며 인사하기도 했다. 한 남성이 톰 크루즈에게 같이 사진 찍기를 요청하자 흔쾌히 수락해서 찍은 사진을 SNS에 '우리 아빠 왜 톰 크루즈랑 있냐?'라는 제목으로 찾을 수 있다. '밤마실 나온 슈퍼스타', '집 가다 갑자기 만난 레전드 배우' 등의 제목으로 올린 인증 사진과 길거리 한복판에서 톰 크루즈를 만났다는 것이 믿기지 않는다는 목격담도 제법 있다. 세계적인 배우도 이렇게 편하고 소탈하며 친절하게 사람들을 대하는데 나는 왜 미리 부담스러워하며 걱정하고 움츠러들었을까? 진짜 연예인 병인가?

'잘 지내고 있지? 초등학교보다 중학교 생활이 더 재미있지?'라고 물으며 중학생이 되니 인물 난다며 한마디 해 줄 수 있었을 텐데. 너희들이 여전히 잘 지내고 공부도 열심히 하고 있는지 보려고 작년 6학년 선생님들을 대표해서 왔다고 재치 있게 대답할 수도 있었을 텐데.

아! 세계적인 배우 톰 크루즈에게 또 한 수 배운다. 소탈하게, 친절하게, 자신 있게.

당신의 생활신조는 안녕하십니까?

나그네는 구렁이를 활로 쏘아 죽임으로써 구렁이에게 잡아먹힐 뻔한 까치를 구해 준다. 그리고 그날 밤, 산속의 외딴집에서 묵게 된 나그네는 소복을 입은 여인의 칼 가는 소리를 듣는다. 알고 보니 낮에 죽였던 구렁이의 부인이었다. 나그네는 남편의 복수를 하려는 그 여인에게 죽임을 당할 뻔했는데 자초지종을 사정하여 새벽닭이 울 때까지 종소리가 들리면 풀어주기로 약속받는다. 드디어 새벽이 되고, 절망적인 그 순간에 종소리가 들린다. 풀려난 나그네는 종 아래에 떨어져 죽은 까치들을 보며 감사함을 전한다.

우리나라의 전래동화 『은혜 갚은 까치』의 내용이다. 어릴적 보았던 "으익, 분하다!"라고 외치며 사라져 버린 부인 구렁이의 외침이 들리는 것 같다.

그런데 부인 구렁이가 좀 멋있지 않은가? 남편을 죽인 범인이 간청한다고 해서 종소리가 들리면 살려 준다며 약간의 여지를 주고, 종소리를 듣고 나서는 "너를 꼭 죽여 없애고 싶었건만 약속은 약속이니 어찌할 수 없구나. 살려 줄 테니 가거라." 하며 약속을 꼭 지키는 신조가 있으니 말이다. 보통 영화를 봐도 주인공이나 약속을 지켰다가 배신당하지, 악당이 약속을 지키지는 않는다. 아, 그러고 보니 악당도 악당 나름이다. 싸울 때조차 하얀 와이셔츠에 양복바지를 입는 두목은 의리를 지키기도 하고 내가 한 약속은 꼭 지킨다면서 자신이 대신 죽기도 한다. 갑자기 나그네니 구렁이니 악당이니 두목이니 해서 뭔 이야기가 산으로 가나 놀라지 말길 바란다. 다들 신조 있는 캐릭터들이라서 잠시 소개했을 뿐이니.

신조란 반드시 지키겠다고 결심하여 마음속에 새긴 굳은 맹세를 말한다. 거짓 약속을 하지 않는 부인 구렁이는 정직이 생활신조였고, 항상 각 잡힌 양복을 입고 다닌 악당 두목은 폼생폼사가 생활신조일 수도 있다. 당신의 생활신조는 무엇인가? 그전에, 다들 생활신조 하나쯤은 가지고 있는가?

어떤 사람은 자신의 생활신조가 절약이라고 하며 할인 쿠폰을 챙기고 한번 산 물건은 그 수명이 다할 때까지 쓰고, 수명이 다하면 다시 재활용해서 사용하기도 한다. 또 주말은 가족과 함께 보내는 것이 생활신조이면 친구들의 약속도 주말은 피해 평일에 잡는다. 그리고 주말에는 가족과 함께할 수 있는 놀이나 여행 등에 관심을 두고 가족 간의 유대감을 강조하기도 한다.

이러한 생활신조는 그에 따른 결과를 동반하기도 하는데 절약이라는 생활신조는 스크루지 할아버지나 자수성가한 부자가 되게 할 수도 있다. 주말은 가족과 함께 보낸다는 생활신조는 우리 가족만의 고유한 문화를 형성할 수도 있고 가족들이 서로 더 잘 이해할 수 있다. 반면 자녀는 답답해할 수도 있다. 그리고 전래동화『은혜 갚은 까치』의 정직한 부인 구렁이는 남편의 죽음을 죽음으로 갚지 않은 살신성인한 구렁이가 되었으며 이렇게 후대에 길이길이 전래동화로 남게 했다. 모든 행동에는 그 결과가 따르는 법, 한 사람의 생활신조는 이렇게 그의 인생을 바꾸기도 한다.

흥부는 마당에 떨어진 제비의 다리를 고쳐 주고 이듬해 제비에게서 받은 박씨를 심어 부자가 되었다. 또 조선 시대 역적으로 몰려 집안사람들이 모두 잡혀가고 죽임을 당할 때 마루 밑에 숨은 어린아이를 눈감아 준 장군은 훗날 복수의 칼날을 피하기도 한다. 이렇게 누군가의 따뜻한 마음 씀씀이가 남을 살리고 나중에는 자신도 살리는 것을 우리는 많이 봤지 않는가?

이 장면을 그대로 보여 주는 영화를 며칠 전에 봤다. 〈미션 임파서블: 데드 레코닝〉이다. 그렇다, 또 톰 크루즈다. 그는 일상 속 어디에서나 불쑥불쑥 나타나 나의 부름에 답해 준다. 에단(톰 크루즈)은 좁은 골목에서 자신을 함정에 빠뜨려 죽이려는 가브리엘의 부하와 싸우게 되고 그녀를 죽일 수 있었으나 살려 준다. 영화의 마지막에 죽어 가는 그녀는 추락 직전의 에단을 구해 주며 그때 자신을 왜 살려 줬느냐고 묻는다. 그 후 에단에게 단서를 제공하고 행운을 빈다고 말하며 의식을 잃는다.

진부한 이야기 같지만, 결초보은의 장면이다. 실제로 톰 크루즈는 여배우 폭행 연기를 안 한다고 한다. 좀 전에 에단이 살려 줬던 그녀와의 격투 장면에서 여배우는 실감 나는 영화 장면을 위해 자신의 배를 걷어차도 된다고 사정했지만 톰 크루즈는 거부했다고 한다. 이쯤 되면 톰 크루즈의 생활신조에 여자를 때리지 않는다는 것을 넣어도 되지 않을까?

생활신조와 비슷하게 쓰이는 말로 가치관도 있지만, 가치관은 자신이 가치를 부여하는 견해나 입장인 것에 반해 생활신조는 거기에다가 실천하겠다고 스스로 다짐하는 것까지 포함한다. 생활신조는 가치관보다 좀 더 적극적인 것이다.

이렇게 살든 저렇게 살든 어떻게든 삶을 살아가겠지만, 생활신조가 있다는 것은 결정하기 어려운 상황에서 객관적인 판단을 내리게 하는 나침판을 가지고 있다는 것이다. 맨몸으로 망망대해로 나아가는 것보다 나침판 하나 갖고 나간다면 흔들리지 않는 기준을 가질 수 있다. 그리고 나침판이 가리키는 북쪽 끝에 무엇이 있는지, 나는 무엇 때문에 그곳에 가려고 하는지 내 삶의 중심을 잡게 될 것이다.

당신의 생활신조는 안녕하십니까? 잘 고른 생활신조는 당신을 살릴 수도 있습니다.

목숨을 건 여행

친구 A: 태풍이 오는 시기가 우리 여행 시기와 맞물리는 것 같은
데, 여행사에서는 뭐래? 태풍 오는데도 진행한대?

친구 B: 일단 진행한다고 하네. 날씨 상황을 보며 내일 오후에
최종적으로 알려 준다니 기다려 보자.

친구 C: 하필 출발하는 날부터 태풍이 우리나라 영향권에 들어
온다니 걱정이다. 배가 엄청나게 흔들릴 텐데.

여름과 겨울에 한 번씩 만나는 학교 친구들 모임에서 이번
에는 처음으로 육지 밖 울릉도 여행을 계획했다. 우리나라에
서 한 번도 가 보지 못한 곳은 많지만 울릉도, 독도는 한 번
쯤은 꼭 가 보고 싶은 곳이었다. 그래서 3개월 전에 여행사
패키지 투어를 신청했다. 여자 다섯 명이 숙소나 식당 등을

하나하나 검색하고 예약하며 돌아다닐 수도 있지만 때론 가만히 앉아서 주는 대로 즐기는 것도 필요하다. 우린 다들 가정과 직장에 지쳤으니까.

친구 A: 천재지변, 그러니까 태풍 때문에 울릉도를 못 가면 환불될까?

친구 B: 크루즈 배는 일반 쾌속선과 다르게 웬만하면 운항한대. 배만 뜨면 투어는 진행한다고 연락이 왔어.

친구 A: 이번 태풍은 우리나라를 관통한다고 하는데 혹시 가더라도 제대로 여행이 될는지 걱정이다.

친구 D: 태풍 오는 날씨라서 제아무리 크루즈선이라도 배를 타는 것은 겁난다.

친구 E: 난 목숨이 하나뿐인데.

친구 C: 지금 바닷가 근처인데 파도가 점점 세지고 있어.

친구 B: 울릉도 가는 데 목숨 걸어야 하나?

우리가 포항에서 울릉도 가는 배를 타기로 한 날은 내일 밤이다. 태풍도 역시 내일 밤에 우리나라 제주도에 상륙한다고 했다. 여행사 측에서는 태풍이 와도 크루즈선만 운항하면 패키지 투어는 진행한다고 했다. 여행 하루 전날이었지만 태풍도 여행도 내 마음도 아무것도 정해진 것이 없었다. 손꼽아 기다렸지만 정작 가도 걱정, 안 가도 걱정이었다. 유례없이 천천히 움직이고 있다는 태풍 카눈의 경로만 자꾸 찾아봤다.

여행을 가기로 한 날 아침이 되었지만, 여행사에서는 크루즈선이 운행 중지한다는 연락을 받은 적이 없다면서 그대로 진행한다고 했다. 이제 결정을 내려야 했다. 모험을 해야 하나? 태풍이 오고 있다는 것을 알면서 배를 타야 할까? 망망대해에서 나뭇잎처럼 사정없이 흔들리는 배 한 척과 그 속에서 기둥 잡고 이리저리 흔들리는 나의 모습이 눈에 보이는 듯했다. 이미 낸 여행 경비는 포기하고 그냥 안전하게 집에 있을까? 그렇다면 같이 가는 친구들에게는 미안해서 어떻게 말하지?

'아, 이런 톰 크루즈 같은 배 같으니라고! 뭐야, 위험해도 그냥 간다는 거야?'

하필 배 종류도 크루즈선이다. 톰 크루즈가 위험한 상황에서도 직접 도전하는 것처럼 일반 쾌속선은 운행을 중지해도 크루즈선은 웬만한 파도에도 운행한다고 했다.

내가 톰 크루즈도 아니고 이 생존 게임을 해야 할까? 이제는 주저할 수 없었다. 밤에 울릉도에 가는 배를 타기 위해서 포항으로 가려면 지금쯤 준비해야만 했다. 그만 포기한다고 말하려 할 때 연락이 왔다.

친구 B: 드디어 전화 왔다. 오늘 밤 크루즈선 결항한대.

친구 D: 다행이다.

친구 E: 재미있게 같이 여행 갔으면 좋았을 텐데 매우 아쉽네.

친구 A: 전액 환불되니 다행이다.

친구 C: 이번 여름에는 울릉도에 못 갈 운명이었나 보다. 다들 태풍 조심해.

다들 한순간에 일사불란하게 안도하는 것을 보니 나뿐만 아니라 모두 부담스러웠나 보다. 설마 모두 나처럼 그냥 포기하려고 했었던가?

우리는 배편이 끊겨서 어쩔 수 없이 못 갔지만(아, 화장실 갈 때와 나올 때 다르다고 이런 건방진 표현이라니) 만약 기적적으로 태풍을 뚫고 울릉도에 도착해서는 믿을 수 없이 잔잔한 바다와 파아란 하늘, 그리고 태풍이 지나간 뒤의 찬란한 태양을 보며 감동에 젖을 수도 있다.

선택이라는 것은 항상 고민이 된다. 우리는 하루에도 수많은 선택 상황을 경험하고 일상적인 것에서 중요한 결정까지 다양하게 선택하며 살아간다. 가령 아침에 무슨 옷을 입을지, 무엇을 먹을지 등의 비교적 소소한 선택부터 업무나 학업, 인간관계의 선택까지 다양한 상황을 결정하고 때로는 새로운 경험을 하거나 목표를 이루기 위해 도전하게 된다. 이러한 도전 같은 선택이야말로 성취감을 느끼게 하고 우리를 성장하게 하기도 한다. 어떤 것을 선택하든 그 결과는 알 수가 없다. 내가 선택하든 하지 않든 생길 일은 생기는 것이고, 내가 선택한다면 또 그에 맞춰 뭔가가 일어난다. 양자이론처럼 말이다. 그래서 나는 무엇이든 선택하고 도전해 보라고 권하곤 한다. 내가 선택했기에 도전할 수 있고, 도전한 만큼 선택의 폭도 넓어질 수 있다.

사실 위험하다는 것을 알면서도 도전하는 게 쉽진 않다.

결과가 좋으면 대단하다고 추켜세우지만 그렇지 않다면 무모한 도전이었다고 평가받기도 한다. 그런데 그게 하나뿐인 목숨을 걸 정도의 미션 임파서블한 도전이라면야 말해서 무엇 하랴. 잠깐 동안 크루즈선을 탈 것인가 말 것인가를 고민하며 나도 톰 크루즈처럼 도전 정신으로 크루즈 배에 실려서 같이 가 볼까 생각했다. 톰 크루즈라면 크루즈선을 타고 울릉도로 갔을지도 모르겠지만, 나의 선택은 역시 목숨이 걸려 있는 도전은 아무나 하는 것이 아니라는 것이다.

부르즈 할리파 빌딩 외벽을 맨손으로 오르고, 날아오르는 비행기에 매달리며, 절벽에서 오토바이를 타고 뛰어내리는 톰 크루즈의 도전은 그래서 더 놀랍다. 톰 크루즈가 계속 도전하는 한 영화 미션 임파서블은 이어질 것이다. 그리고 언젠가 그가 더 이상 미션 임파서블한 도전을 하지 않겠다고 선택한다고 해도 나는 그 선택도 그의 도전이라고 생각한다. 모든 도전과 선택은 그 자체로 아름답다.

이왕이면 다홍치마라지만

'이왕이면 다홍치마'라는 말이 있다. 같은 값이면 품질도 좋고 디자인도 예쁜 것을 선택한다는 말로 지금 이 책을 읽는 분도 혹시 그런 의미에서 이 책을 읽고 있는 것은 아니신지. 비슷비슷할 것 같은 일상 에세이라면 차라리 잘생긴 톰 크루즈가 나오는 『나의 미션 임파서블한 일상에 톰 크루즈가 들어왔다』를 선택하자는 것처럼 말이다.

아이의 방학이라서 냉동 핫도그나 피자, 빵 같은 간식이 아니라 좀 더 맛있으면서도 건강한 간식을 직접 만들어 주고 싶은 마음에 마트에 가서 재료를 사 왔다. 인터넷에서 찾은 요리법을 보며 한참을 따라 해서 만든 음식은 요리 블로거가 만든 음식과는 달라 보였다. 맛은 먹어 봐야 아는 것이지만 일단 비주얼이 달랐다. 블로그 속 요리는 예쁜 접시에 장식까지 곁들여서 정말 가게에서 파는 음식처럼 보였지만 내가 만든 요리는 하얀 접시에 덩그러니 샌드위치만 있었다. 아니, 정확하게는 빵과 속 재료가 서로 밀어내는 형상으로 속 재료의 일부는 자신의 정체성을 그대로 보여 주듯 빵 밖으로 흘러나오고 있었다.

"엄마, 이거 당근이야?"

"당근 라페(당근 채를 소금에 절인 후 드레싱에 버무린 요리) 샌드위치라는데 몸에 좋고 맛있대."

샌드위치 속 재료는 아이가 지적한 당근 라페뿐만 아니라 달걀, 상추, 햄, 슬라이스 치즈, 크림치즈까지 다양하게 있었지만 아이 눈에는 색깔이 예쁜 당근만 눈에 띄었나 보다. 아니다. 색이 예쁘긴 했지만 아이는 자기가 좋아하지 않는 맛없는 당근을 빵 사이에 넣은 엄마의 요리에 대한 불만을 표현한 것이었다. 블로그 사진처럼 예쁘게 잘라서 알록달록한 접시에 담아 주었더라면 괜찮았을까. 아이는 빵 밖으로 튀어나와 접시에 누워 있는 당근과 빵 사이에서 숨어 있는 당근 몇 개를 골라내고 먹었다. 어이구.

이왕이면 다홍치마라 했던가. 나 역시 음식을 먹을 때 그릇에 예쁘게 담긴 음식을 보며 먹어도 될는지 아까워하며 행복감을 느끼곤 한다. 내가 종종 브런치 가게에서 브런치를 먹는 이유도 배고픔을 없애기 위한 한 끼라기보다는 이왕이면 예쁘고 멋들어지게 세팅된 음식을 먹고 싶은 마음 때문이다. 그것을 먹고 있으면 괜히 나까지 예쁘고 멋진 도시 여자 같은 느낌이 들곤 했다. 아침도 아니고 점심도 아닌 어중간한 음식을 커피 한 잔과 같이 먹으면서 나는 젊지도 늙지도 않은 모호한 나이의 내가 되기도 했다.

"젊을 때는 한 인물 하셨겠어요." 40대 초반에 이 말을 들었을 때, 분명 칭찬이란 걸 알지만 기분이 묘했다. 칭찬 같지 않은 칭찬이랄까. 어찌 됐든 나도 젊을 때의 사진을 보고 있으면 그때는 좀 괜찮았는데 싶긴 하다. 언젠가부터 셀카를 찍지 않게 되었다. 늘어나는 잔주름과 많아지는 기미, 처져가는 입가와 처진 볼살, 무엇을 입어도 예뻐 보이지 않는 후덕한 몸이 거슬렸다. 예뻐 보이는 앱이나 AI 화가는 나를 다시 젊게 만들어 주기도 하지만 그것이 무슨 의미가 있으랴.

피부에 좋다는 화장품을 사서 바르고 가끔 팩도 하며 마사지까지 하는데도 별 효과를 못 본다. 이런 나에게 누구는 살을 빼면 두 배로 예뻐질 거라고 하고(도대체 두 배의 근거는 어디서 나온 건지) 누구는 내면이 아름다워지면 인상이 좋아진다고 했다. 사람마다 미의 기준은 다르겠지만 깨끗한 피부, 예쁜 이목구비, 매끈한 머릿결, 날씬한 몸매 등이 그 기준이 되는 것이 아닐까. 외적인 미는 아무래도 한창 젊을 때가 고점인 것 같다. 이른바 배우들의 전성기 시절이라는 사진을 보면 대부분 20~30대 젊은이의 모습이다. 그 시절 저리 눈부셨던 젊은이가 나이가 들어서 변한 모습을 보면 사는 게 다 그런 거지, 외모는 다 부질없다고 읊조리게 된다. 영화 〈타이타닉〉의 레오나르도 디카프리오의 눈빛과 그 미모에 빠졌던 나는 이제 중년이 되어 후덕해진 그를 보며 늙음은 어쩔 수 없구나 싶었다. 그러던 중에 세월도 비켜 간 변하지 않는 조각 미남에 관한 기사를 보았다. 순리를 거스르지 않은 방부제 조각 미남은 바로 톰 크루즈였다. 20대부터 현재 60대까지 그는 항상 조각 미남의 대명사였다. 그는 20대에도 전성기 미모였고 60대인 지금도 여전히 전성기 미모를 유지한다. 내가 그의 미모에 빠져들기 시작했던 영화 〈어퓨 굿 맨〉의 톰 크루즈와 비교하면 물론 지금은 그냥 잘생긴 톰 아저씨일 뿐이지만. 그는 전 세계가 아주 오랫동안 인정하는 꽃미남 액션 배우이다. 어쩌면 그의 액션도, 그의 60대도 꽃미남이기에 더 돋보이는 게 아닐까.

이왕이면 다홍치마라고 예쁜 것을 좋아하는 것 같지만 '이왕'이라는 말에는 모든 조건이 비슷하다는 뜻이 포함되어 있다. 조건이 비슷했을 때 예쁘게 장식된 음식을 먹고, 미남 액션 배우를 찾는 것이다. 그리고 그 조건을 만드는 일은 예쁨을 유지하기보다 훨씬 어렵다.

이왕이면 최선을 다해 보자. 이왕이면 다홍치마라도 고를 수 있는 기회를 가지면 좋으니까.

Ⅲ

그러니까, 우리는 할 수 있습니다 :

인생은 직진보다 구불구불한 길,
그 길에서 나의 가치를 찾는 거지요

미래를 예언하다

한 치 앞을 모르는 게 인생이라고 한다. 미래를 알 수 없기에 우리는 미래를 준비할 수 있고 미래의 모습을 자유롭게 상상할 수 있다. 영화는 그러한 상상을 시뮬레이션해 보는 좋은 도구이기도 하다.

2002년에 상영된 스티븐 스필버그 감독의 영화 〈마이너리티 리포트〉는 2054년 미래의 워싱턴에서 프리크라임 시스템, 즉 범죄가 일어나기 전 범죄를 예견하고 용의자를 미리 체포하는 완벽한 치안 유지 시스템 때문에 일어나는 이야기이다. 어느 날, 범죄예방수사국의 반장 존 앤더튼(톰 크루즈)이 범죄 용의자로 지목되고 톰 크루즈는 자신이 전혀 모르는 사람을 죽인다는 예지자의 예견이 누군가의 조작이라고 생각한다. 세 명의 예지자가 예지하는 내용 중 한 명만이 다를 경우 이것이 마이너리티 리포트로 분류되어 삭제되는데 자신의 경우도 마이너리티 리포트라고 생각하고 조사하는 과정에서 시스템의 결점 및 배후 조직을 찾게 된다. 20년 전의 영화지만 지금 생각해도 참 놀랍고도 재미있는 공상 과학 같은 영화다. 그런데 20년 전에 본 이 영화에서 지금도 기억나는 장면이 있다. 톰 크루즈가 미래 영상 정보를 확인할 때, 허공에서 보이는 디스플레이에 장갑을 낀 손으로 이리저리 드래그하며 조작하는 모습이다. 만화 같은 상상이었고 영화 같은 허구였지만 신선한 충격이었다. 그 당시는 컴퓨터 입력 장치가 키보드와 마우스뿐이었고, 컬러 휴대전화가 나온 지 얼마 되지 않은 시기였다.

그러나 이러한 영화 속 공상 과학 이야기는 곧 현실이 되기도 하는데 톰 크루즈가 손짓으로 조작했던 이 말도 안 되는 장면도 그랬다. 지금에서야 알아보니 동작 센서, 홀로그램, 홍채 인식, 빅 데이터, 스파이더 로봇 등 현재 상용화되었거나 개발되고 있는 첨단기술이 영화 속에서 구현되고 있었다는 것이다. 그뿐만 아니라 2022년 7월, 영국 과학전문지 〈뉴사이언티스트〉에서 보도된 내용에 의하면 미국 시카고대 연구팀이 인공지능에 각 구획별 범죄 현황 데이터를 학습시킨 후 범죄가 일어날 확률을 분석하여 특정 범죄가 발생하기 일주일 전 90퍼센트의 확률로 범죄 발생을 예측했다고 한다.

20년 전의 영화를 통해 20년 이후를 내다보는, 톰 크루즈 주연의 영화 〈마이너리티 리포트〉는 그 당시에도 충격이었고 지금도 놀랍다. 배우들은 영화를 찍으며 이런 상황이 실제로 일어날 것이라고 생각했을까? 얼마 전 지인의 자동차를 탔는데 앞 유리에 그때 톰 크루즈가 조작했던 것과 비슷한 화면이 보였다. HUD(Head Up Display: 사용자가 시선을 이동시키지 않은 채 원하는 정보를 인식할 수 있는 장치로 자동차의 경우 운전자 정면의 유리창 위에 주행 정보를 띄워 운전자가 주행 시 주행 정보를 인식할 수 있도록 도와준다) 영상이라고 했다.

"어, 이거 예전 톰 크루즈가 나왔던 영화 속 장면과 비슷해요."

"마이너리티 리포트 말하는 거죠?"

"아시네요. 이거 조작도 되나요?"

"아이고, 그 정도까진 아니고요. 그냥 화면만요."

영화에서는 2054년이라고 했으니 그전에는 상용화가 될 수도 있을 것 같다. 이렇게 영화나 소설을 통해서 우리는 미래의 생활 모습을 엿보고 상상해 본다. 영화 〈미션 임파서블: 데드 레코닝〉에선 요즘 한창 이슈인 ChatGPT(생성형 인공지능)가 가져올 수 있는 부정적인 미래의 모습을 보여 준다.

인공지능은 스스로 학습하고 사고할 수 있으며 가치 판단을 내려 서버에 접속할 수 있는 모든 전자 기기를 통제한다. 그래서 보이지 않는 인공지능과 싸우는 인간 톰 크루즈의 모습이 애처롭기까지 하다. 인공지능이 인간을 통제할지도 모른다고 막연하게 불안했던 우리에게 영화는 인공지능이 어떻게 인간의 생활을 통제할 수 있는지를 보여 줬다. 어떤 전자 기기도 믿을 수가 없다. 인공지능이 모든 전자 기기마다 작용하며 인간의 모든 상황을 가정하고 예측한다. 전자 기기를 믿고 너무나 당연히 쉽고 편리하게 활용하고 있는 우리는 인공지능이 이끄는 대로 살고 있는지도 모른다.

나 또한 요즘 글을 쓴다고 인터넷으로 톰 크루즈에 대해 검색을 자주 했더니 이젠 아예 유튜브든 구글이든 톰 크루즈에 관한 영상이나 소식을 자꾸 보여 준다. 나의 관심 분야를 파악하고 비슷한 분야를 유도하는 알고리즘에 어느덧 익숙해졌지만, 가끔 나 역시 인공지능에 조종되는 것은 아닐까 생각하기도 한다.

　영화에서 고군분투하는 톰 크루즈는 인공지능이 예측하지 못한 변수에 의해 바뀔 수 있는 인간의 순간적인 마음에 집중한다. 원수를 원수로 갖지 않는 인간의 선의를 통해 인간을 조종하려는 인공지능의 예측에서 벗어날 수 있었다.

　인공지능은 두려움의 대상이 아니라 공생의 대상이어야 한다. 톰 크루즈가 보여 주었던 사랑, 믿음, 협동 같은 인간의 아날로그적인 마음이 앞으로의 세상을 살아가는 중요한 열쇠가 될 수 있다. 그 열쇠로 인간의 창의성과 감성이 인공지능의 빠르고 객관적인 능력과 만나서 공존하며 사는 법을 찾아내야 할 것이다.

　혹시 내가 이 책을 쓰기로 마음을 먹은 것 역시 어떤 인공지능의 알고리즘이 작용했던 것은 아니었을까. 인공지능은 이미 이 책의 미래와 독자를 예측하고 나를 이 방향으로 이 끈 것은 아닐까 자못 궁금해진다.

그 후로도 조금씩 꾸준히

오랜만에 친구를 만났는데 "너도 늙는구나." 또는 "살 좀 쪘다." 이런 말을 들으면 기분이 허탈할 때가 있다. 나이는 매년 한 살씩 많아지는 것이니 예전보다는 늙었다고 치자. 체중 역시 줄이기가 힘들고 항상 절실히 살을 빼야 하는 입장이다 보니 모두 사실이어서 뭐라고 말할 순 없지만 어쩌나? 난 지금 피부 관리실에서 관리받는 중이고, 다이어트 식이요법 중이라고. 분명히 오늘 아침만 해도 어제보다 피부는 조금 광택이 나는 듯하고, 몸무게는 0.2kg이 빠져서 상당히 고무적이었는데 친구란 녀석은 나의 어제는 알지 못하고 예전의 내 모습을 생각하며 팩트를 날려 버렸다.

친구야, 우리 좀 자주 만나야겠다. 1년 만에 만나지 말고 일주일 만에 만났다면 분명히 여자들 특유의 예뻐졌다는 말을 했을 텐데 말이다. 하긴 매일 얼굴 보는 가족 역시 어제와는 조금 다른 내 피부의 광택과 0.2kg이 빠진 몸매는 눈치를 채지 못했다. 조금씩 좋아지는 것이나 조금씩 나빠지는 것이나 조금씩 변화가 있는 것은 눈치를 채기가 어렵다. 이 눈치 채기 어려운 과정이 모이고 모이면 어느 순간 우리는 변화를 실감하게 된다. 마치 1년 만에 만나서 나의 늙음과 체중 증가를 바로 맞춰 버린 친구처럼 말이다.

나는 새로운 것에 도전하는 것은 좋아하지만, 무엇이든 꾸준히 하는 것은 힘들어했다. 새로운 것을 먹어 보고 경험해 보는 것에는 거리낌이 없었지만 꾸준히 하지는 못했다. 여러 다이어트 식이요법을 시도했지만 어느 것 하나 3일을 넘긴 것이 거의 없고, 피부 관리는 10회를 끊었어도 주기적으로 자주 가지 못하고 1년 동안 질질 끌었다. 상반되는 말 같지만 분명 성실한 편이긴 한데 꾸준히 하려는 의지가 약하다고나 할까, 게으르다고나 할까. 그렇다 보니 무엇인가 자신 있게 잘하는 것이 없다. 내공이란 게 생기지 않았다. 그래서 자신이 하고자 하는 것을 오랫동안 조금씩이라도 꾸준히 하는 사람들에게는 존경심이 생긴다. 그것이 얼마나 힘들고 어려운 것인지 안다.

　우리나라에서 사랑받는 프랑스 소설가로 기욤 뮈소가 있다. 오랫동안 잊고 있었는데 도서실 서가에서 우연히 그의 이름을 발견하고 매우 반가웠다. 『인생은 소설이다』라는 제목에 공감하여 책을 서가에서 뺐더니 세상에, 거기에 기욤 뮈소가 있었다. 정말 소설 같은 만남이었다. 10여 년 전 작가 이름마저 매력적이라고 '귀여운 미소'라 부르며 그의 소설을 꽤 많이 읽었다.

　찾아보니 내가 잊고 있었던 2012년 이후에도 그는 쭉 작품 활동을 해 오고 있었다. 2013년 『내일』, 2014년 『센트럴파크』, 2015년 『지금 이 순간』, 2016년 『브루클린의 소녀』, 2017년 『파리의 아파트』, 2018년 『아가씨와 밤』, 2019년 『작가들의 비밀스러운 삶』, 2020년 『인생은 소설이다』까지.

　그가 작품을 쓰지 않았던 것이 아니라 내가 그를 찾지 않았다. 2012년 출간한 그의 소설 『7년 후』를 마지막으로 읽고, 나는 나를 위한 책보다는 어린 아들을 위해 그림책과 동화책을 읽기 시작했다. 7년 후가 아니라 11년이 지나서 반가운 마음에 빌린 그의 책을 읽으며 나는 여전히 놀라운 그의 이야기 속으로 빠져들었다. 기발한 아이디어에 감탄을 금치 못했다. 잠시도 한눈팔 새 없이 난 그가 의도한 대로 이야기의 미로 속으로 기꺼이 걸어 들어갔다. 오랜만에 읽은 판타지 로맨스 소설에 정신없이 빠져들었다가 마지막 반전에 '아!' 하는 탄성까지 지르고야 말았다.

'여전하네. 살아 있네, 기욤 뮈소.'

50세가 다 되어 가는 기욤 뮈소는 여전히 건재했다. 꾸준히 자신의 작품 세계를 만들어 가고 있었던 그는 중년이 되어 버린 지금까지도 조금씩 시대와 맞춰서 나아감으로써 전혀 어색하지 않은 감각으로 활동하고 있었다. 그의 소설은 여전히 매력적이었다.

톰 크루즈 역시 60세가 넘었지만, 여전히 건재하다. 아니, 나이와 상관없이 항상 전성기다. 그 역시 1981년 영화 〈끝없는 사랑〉에서 단역으로 출연한 것을 시작으로 2023년 〈미션 임파서블: 데드 레코닝〉까지 42년간 쉰다섯 편의 영화에

거의 매년 출연했다. 너무 많아서 여기에 쓸 수가 없을 정도다. 그의 작품 목록을 살펴보면 쉼 없이 도전해 온 톰 크루즈에 대한 경외감마저 든다. 꾸준히 도전하고 노력하며 연습해 온 톰 크루즈는 매년 조금씩 변화하는 영화의 흐름과 추세를 받아들여 그에 맞춰서 나아갔기에 나이와 상관없이 그의 작품과 그는 단연 돋보인다. 시대에 뒤떨어지거나 동떨어지지 않고 계속 시대를 앞서 나간다. 몇 달, 몇 년 바짝 한 노력이 아니라 평생을 꾸준히 노력하고 연습한 결과, 그는 대체 불가한 배우가 되었다. 중간에 쉬었거나 활동이 뜸했다면 매년 변화하는 트렌드나 대중의 요구에 민감하게 반응하지도 못하고 적응하기도 어렵다. 톰 크루즈나 기욤 뮈소가 여전히 사랑받고 인정받으며 대중과 소통할 수 있었던 것은 그들의 꾸준함 덕분이다.

아주 작더라도 조금씩 무엇인가를 꾸준히 계속하는 것은 갑작스러운 열정으로 무리하는 것보다 훨씬 낫다. 한 달에 10kg 빼겠다고 무리하지 말고 조금씩 꾸준히 하는 다이어트가 요요가 없는 법이다. 친구에게 살쪘다는 말을 들은 그 후로 조금씩 꾸준히 운동하고 먹는 것을 줄여 나가고 있다. 이번에도 의지력이 약한 내가 얼마 동안 할까 사실 걱정은 되지만 조금씩이라도 기욤 뮈소처럼, 톰 크루즈처럼 꾸준히 해보지, 뭐.

해결사가 필요하다

"엄마, 벌레!"

"으악! 어디? 어디?"

때마침 남편이 없을 때 나타난 벌레 한 마리에 나는 파리채, 아이는 살충제를 들고 이리 뛰고 저리 뛰며 혼비백산해진다. 그러다가 못 잡으면 아! 그날 잠은 다 갔다.

난 어릴 적부터 벌레가 보이면 꼼짝도 못 했다. 징그럽다는 감정이 아니라 공포에 가까웠다. 내 아들이라도 벌레를 잘 잡아 주면 좋을 텐데 엄마가 어릴 적부터 집에 벌레만 나타나면 소리를 지르고 무서워서 정신을 못 차리니 아이도 무의식적으로 학습되었나 보다. 신혼 초에 새색시의 어리광처럼 받아들였던 남편은 이제 마누라가 진심으로 벌레에 극도의 공포를 느낀다는 걸 알고 있다. 그래서 벌레가 나타나면 남편은 한쪽 구석에서 숨죽여서 벌레에게 손가락질하고 있는 우리 모자를 한심한 듯 한번 쳐다본다. 그리고 벌레가 해충인지 익충인지 판단해서 죽이거나 휴지로 벌레를 감싸서 밖으로 보내 준다. 어찌 됐든 남편은 해결사였다.

그 사건은 층간 소음 때문에 마음 편하게 아파트 1층으로 이사를 온 후에 시작되었다. 1층은 생각보다 좋았다. 엘리베이터를 하염없이 기다리지 않아도 되고, 쓰레기를 버리고 나갈 때도 그냥 쓱 하고 빨리 갔다 와도 되었다. 무엇보다 아이가 걷거나 뛰는 소리를 내가 예민하게 받아들이지 않게 되니 가정에 평화가 찾아왔다.

"엄마, 1층이라서 막 뛰어도 되지?"

"아니, 집 안에서 뛰는 건 아니지."

"밑에 아무도 없잖아."

"집이 울리는 것도 층간 소음이야. 그리고 밑에 왜 아무도 없어? 두더지도 있을 수 있고, 벌레들도 얼마나 많은데."

그 말만은 하지 말아야 했다. 말이 씨가 되었다. 공포 영화의 한 장면처럼 무심코 아무 생각 없이 내뱉었던 나의 말이 조금씩 세력을 키워 나가면서 봉인을 풀어 버린 걸까?

그 후로도 꽤 오랫동안 아무 일도 없이 지냈다. 그러던 어느 날, 개미가 보였다. 밖에서 놀다가 옷에 붙어 왔나 보다 하며 손가락 끝으로 눌러 버렸다. 내가 아무리 벌레를 무서워하지만 2mm 남짓의 덜 무서운 개미 한 마리는 제거할 수 있다. 그러나 개미는 옷에 딸려 온 게 아니었던지 자주 그리고 여러 마리가 떼 지어 출몰했다. 개미 약이 해결사 노릇을 톡톡히 했다. 개미가 사라져 안도의 숨을 쉰 것도 잠시 이번에는 은색 벌레다. 바닥에 널브러진 옷을 치우려고 드는 순간 기다란 은색 벌레 한 마리가 지나갔다. 놀란 나머지 들고 있던 옷으로 눌러 버렸다. 그 후로 검은색은 아니어서 덜 무서웠던 은색 벌레는 바닥에서 자주 출몰했다. 빨래를 개고 바로 치우지 않고 놔두면 거기에는 꼭 생겨서 다시 빨래해야 했다. 찾아보니 은색 벌레는 좀벌레였다.

어릴 적 엄마는 나프탈렌을 신문지에 싸 옷장에 넣으면서 좀벌레가 있으면 옷에 구멍이 생긴다고 했다. 부지런한 엄마 덕분이었는지 한 번도 본 적 없던 좀벌레를 지금에서야 보게 되었다. 그렇다고 옷장 밖에서 보이는 좀벌레를 잡으려고 집

안 곳곳에 몸에 해롭다고 알려진 나프탈렌을 놔둘 수도 없었다. 예전에는 몰라서 두루 사용했던 나프탈렌은 지금은 발암 의심 물질로 분류되어 있다. 빈대 잡으려다 초가삼간 태운다는 속담처럼 좀 벌레 잡으려다 사람 몸에 해를 끼치고 싶진 않았다. 천연방충제를 사서 걸고, 넣어 두고 뿌렸다. 좀 벌레는 섬유와 목재, 종이를 갉아 먹는다고 한다. 천연방충제의 효과는 미미했다. 더는 방바닥에 누워 있을 수가 없었다. 아니, 오랫동안 앉아 있기도 부담스러웠다. 이렇게 좀 벌레와 사투를 벌이고 있는데 이번에는 바퀴벌레까지 나왔다. 이제 집은 안전 가옥이 아니었다. 파리채와 살충제를 옆에 두고 소파에서 거의 내려오지 않았다. 이렇게 살 수는 없었다. 벌레를 퇴치하기 위해서 뿌리고 붙이고 초음파살충제까지 온갖 방법을 다 써 봤지만 벌레는 자꾸 나타났다. 어찌 됐든 해결해야 했다. 남편은 항상 있지도 않거니와 놓쳐 버린 벌레는 어떻게 할 수가 없었다. 그리고 항상 군말 없이 기꺼이 잡아 줄 만큼 친절하지도 상냥하지도 않았다.

전문 방역 업체에 연락해서 약속을 잡았다. 하얀 이를 드러내며 걱정하지 마시라고 이야기하는 그를 보며 제발 해결해 달라고 부탁했다. 영화 〈미션 임파서블〉에서 톰 크루즈에게 거는 기대였을까? 그들은 톰 크루즈가 해결해 줄 것을 믿었을까? 믿고 싶었을까?

난 믿고 싶었고 믿어야만 했다. 더는 다른 방법이 없었으니까. 방역 업체 직원이 와서 방역 소독을 하고 한동안 죽은 벌레가 나올 수 있다고 했지만 죽었든 살아 있든 어떤 벌레도 나오지 않았다.

'해결은 아무나 하는 게 아니라 전문 해결사에게 맡겨야 하는구나.'

요즘도 가끔 벌레가 보이면 전문 해결사를 불러야 하나 생각한다. 미션 불가능할 것 같았던 상황에서 주위에 해결을 부탁할 수 있는 누군가가 있다는 것은 든든하고 고마운 일이다. 그래서 톰 크루즈를 보면 든든하고 마음이 놓인다. 영화에서 고군분투하는 것을 보면서도 그가 어떡하든 해결해 줄 것을 믿기에 편안히 팝콘을 먹으면서 볼 수 있다.

살다 보면 도저히 어떡해야 할지 모르겠고 해결 방법이 없는 것 같아 막막할 때 톰 크루즈를 찾고 싶을 때가 있다. 회피는 도움이 되지 않는다. 불가능은 없다는 긍정적인 마음으로 나의 현재 상황을 살피면서 걱정을 비워 본다. 그리고 원인은 무엇인지, 내가 해 볼 방법은 무엇인지, 누구에게 도움을 받을 수 있을지를 차근차근 생각해 본다. 톰 크루즈처럼 씩 웃으며.

인간적인, 너무나 인간적인 기계적 반복 연습

    사회 수업 시간에 종종 나는 교사가 제시한 자료를 아이들이 보고 듣고 정리하는 수업보다는 자신이 직접 보고 듣고 찾아 써서 외운 후, 앞에 나와 발표하는 수업을 하곤 했다. 요즘처럼 언제든 인터넷만 있으면 지식이나 정보를 찾을 수 있는 시대에 굳이 외워야 하느냐며 시간 낭비라고 할 수도 있지만, 과연 지식과 정보를 외우는 것이 불필요한 일일까? 암기는 구시대적인 학습 방법이라고 이러한 기계적인 암기는 공부가 아니라고 하지만 창의성이나 깊은 사고도 기계적인 암기 위에서 툭툭 터져 나오는 것은 아닐까? 인터넷상의 수많은 정보에서 나에게 필요한 적절한 자료를 찾아 그것을 이해하고 요약하며 다른 사람 앞에서 자기 말로 풀어서 발표하는 것이 과연 불필요한 일일까? 준비한 자료를 읽는다고 청중을 등지거나, 고개를 숙여 읽는다고 청중을 보지 않고 자료를 줄줄 읽어 본 경험이 있지 않은가. 과연 누가 발표의 주체일까?

"선생님, 우리 아이는 앞에 나가서 발표하는 것에 트라우마가 있어요. 1학년 때 전학을 왔는데 전학 온 학급 아이들은 책을 읽고 소감을 한 명씩 앞에 나와서 발표하는 것을 꾸준히 했는지 아주 능숙한데, 석준이는 앞에 나가서 아무 말도 못 하고 얼어 버렸다고 하더라고요. 그 후론 여러 사람 앞에서 말하는 것에 트라우마가 생겼는지 발표를 못 합니다."

앉아서는 온갖 간섭이나 불필요한 이야기를 큰 소리로 하고, 학교 복도에서도 쩌렁쩌렁하게 '아, 학교 오기 싫다.'라고 소리치는 아이였지만 교실 칠판 앞으로 나와서 발표하는 것은 서툴렀다. 특히 학습한 내용을 발표할 때는 입을 굳게 다물고만 있었다. 이제껏 나는 석준이가 제대로 학습하지 못했고 또 외우지도 않아서 그런 것으로 생각했다. 매달 교실 내에서 자리를 바꾸는데 이번 달은 석준이 자리를 내 앞으로 배치했다. 그런데 이 녀석이, 앉은 자리에서는 혼자서 발표 준비를 곧잘 한다. 소리도 크고 거의 막힘도 없다. 그렇지만 이번에도 여전히 아이들 앞에서는 입을 다물어 버렸다. 그 후, 발표 연습도 잘하던데 왜 그랬냐고 석준이에게 물었더니 자신이 없다고 했다. 그리고 앞에 나오면 아무 생각도 안 난다고 했다. 다들 그럴 수도 있다. 그렇지만 석준이는 유독 심했다.

"그러면 다음번에 발표할 때는 미리 어머님께 부탁할 테니 집에서 부모님과 함께 연습해 보는 것은 어때?"

석준이는 흔쾌히 동의했고 몇 주 후에 나는 석준이가 자료를 찾아 정리하고 혼자서 연습하는 것도 보았다. 그날, 석준이 어머니께 이제껏 상황을 이야기했더니 어머니는 석준이에게 트라우마가 있다고 했다.

"어머니, 집에서 열심히 연습해서 이번 기회에 그 트라우마를 이겨 내 보는 경험을 갖게 하는 건 어떨까요? 그리고 발표하는 영상을 찍어서 보내 주시면 혹시 발표를 제대로 못할 시에 영상으로 발표를 대체하도록 하겠습니다." 발표하기로 한 날, 어머니는 아침에 나에게 동영상을 보내면서 석준이가 저녁 늦게까지 몇 번이나 반복하며 연습했다고 했다.

반복의 힘이었을까, 석준이는 그날 처음으로 또렷한 목소리로 끝까지 자신 있게 발표하고 들어갔다. 그리고 자신이 발표를 처음으로 성공했다고 좋아했다. 연습을 많이 했느냐고 물었더니 수도 없이 반복했다고 했다. 학교 올 때도 중얼거리면서 왔다고 했다.

이 계속된 반복 연습으로 석준이는 자신의 트라우마를 이겨 낸 경험을 갖게 되었고, 그 후 국어 토론 수업 때는 자진해서 사회자를 하겠다고 해서 아이들 앞에서 제법 똑똑하게 사회자의 역할을 해냈다.

어떤 분야를 학습하든지 실력을 향상시키기 위해서는 지속적으로 반복해야 한다. 누구든 이 지루하고 끝이 없어 보이는 반복을 오랫동안 해야 한다. 하다 보면 무의식적으로 하고 있는 내가 감정이 없는 기계가 된 것도 같다. 힘들다는 생각, 귀찮다는 생각 또는 나만 이러고 살아서 뭐 하냐는 생각이 머릿속에 들어올 새도 없이 그냥 기계적으로 하게 되는 반복이야말로 더 나은 삶을, 보다 나은 자신을 만드는 방법이다. 반복으로 얻게 된 기계 같은 능숙함은 우리를 훨씬 자연스럽게 여유를 갖게 하고 자신 있게 한다. 그리고 그 힘든 일을 할 만한 또는 즐길 수 있는 쉬운 일로 만들어 버린다. 시작할 때의 힘들고 하기 싫고 낯섦을 깨는 것은 반복밖에 없다.

우리 반 석준이도 며칠간의 무한 반복으로 4년간 끌어 왔던 부정적인 경험으로 인한 트라우마를 극복하기 시작했다. 물론 이 극복 경험 역시 반복해야 할 것이다.

이러한 반복 연습은 학습에도, 일상의 습관에도 그리고 능력의 향상에도 어디든 적용된다. 영화 〈미션 임파서블: 데드 레코닝〉의 포스터에는 뒤집혀서 떨어지는 오토바이 위로 비상하는 인간 톰 크루즈가 있다. 톰 크루즈가 산 위에서 오토바이를 타고 뛰어내리는 장면인데 실제로 인간이 할 수 있을지 믿을 수 없는 임파서블한 모습이다. 그런데 이 장면을 위해 톰 크루즈는 수백 수천 번의 연습을 했다는 것을 아는가. 이렇게 수없이 반복 학습을 하며 기계처럼 연습했다고 한다. 그래서 우리는 CG가 아닌 실제 인간이 하늘을 나듯 뛰어내리는 이 놀라운 장면을 감상할 수 있다. 수백 수천 번의 연습 끝에 무언가를 체득하고 자연스럽게 실전에서 발휘하는 모습이 바로 전문가의 모습이다.

　나의 일상에서도 생각지도 않게 일이 꼬이고 내가 할 수 없을 것 같은 일들을 해야 할 상황이 생기곤 했다. 그럴 때마다 고민만 한다고 해서 해결되는 것은 없다. 차라리 어떤 시도든 일단 해 봄으로써 서서히 실타래를 풀어 나가는 것이 중요하다. 전혀 불가능하게 보이고 절대 풀리지 않을 것 같은 일도 해결의 시작은 나의 힘으로 직접 몸을 움직여서 작더라도 반복적으로 시작하는 것이다. 머릿속으로 생각만 하지 말고 일단 몸을 기계처럼 일으켜 움직이다 보면 서서히 해결되기도 한다.

　불가능하다고 힘들다고 포기하고 싶어질 때, 힘들고 포기해야 하는 백만 가지의 이유와 변명은 잊고 그냥 반복 연습해 보자. 톰 크루즈처럼 오토바이 타고 절벽에서 직접 뛰어내리는 것은 아니지 않은가.

사진에 진심입니다

오랜만에 친구들이 우리 동네로 온다고 해서 급하게 맛집을 검색했다. 음식의 맛과 가게 분위기, 메뉴의 종류와 가격까지 살피고 거기다 친구 한 명이 아이까지 데려온다니 아이가 먹을 메뉴까지 꼼꼼히 챙겼다. 인터넷 블로그의 후기 글을 읽어 보면서 글도 글이지만 음식 사진이나 가게의 전반적인 분위기를 알 수 있는 사진을 보며 갈 만한 곳을 추려 나갔다. 가게의 홍보성 음식 메뉴 사진보다는 일반인들이 찍은 사진이 더 신뢰가 갔다. 블로거들은 다들 사진을 잘 찍었다. 우리나라 사람들만큼 사진에 진심인 사람들이 드물다고 한다. 길거리에서 사진 좀 찍어 달라고 하면 들고 있던 물건은 옆 사람에게 맡기고, 무릎까지 꿇고 가로 방향, 세로 방향까지 여러 장 찍어서 괜찮은지 한번 보라고 말할 정도로 처음

보는 사람의 인생 샷을 위해 애를 쓴다. 사진 촬영은 맛있어 보이는 음식에도 적용된다.

음식점에서 친구들과 친구의 아이까지 만나서 음식 주문을 하고 기다렸다. 하얀 식기에 정갈하면서도 먹음직스럽게 담긴 음식들을 보고 친구는 '잠깐만' 기다려 달라고 하며 사진을 찍으려 했고 우리는 숟가락을 다시 내려놓고 기다렸다. 아이도 이런 장면들이 익숙한지 조용히 기다렸다. 그리고 가게 점원도 아이를 위한 음식을 덤으로 가져와서 기다리고 있었다. 그 순간 나도 뭔 바람이 불었는지 갑자기 음식들과 이 음식점의 인테리어를 찍고 싶어서 잠시 양해를 구하고 사진을 찍었다. 사진을 찍는 사람을 배려하며 기다리면서 오히려 이쪽에서 찍으면 더 좋을 것 같다고 말해 주는 친구들의 마음이 고마웠다. 열 개를 요구했는데 열한 개를 주는 마음이랄까.

톰 크루즈도 그러했다고 한다. 톰 크루즈가 열 번째로 우리나라에 왔을 때, 그는 자신을 기다리고 있던 팬들이 스마트폰을 들고 사진을 찍는 것을 보고 팬들에게 돌아서라는 손짓을 했다. 그렇게 톰 크루즈에게 등을 돌린 팬들은 스마트

폰의 셀카 촬영 모드에 맞춰 자신과 뒤쪽에서 손 흔들고 있는 톰 크루즈를 사진으로 남길 수 있었다. 당시는 2022년으로 코로나19로 인한 거리 두기를 실시하고 있을 때였으니 다가와서 옆에서 사진 찍기가 어려웠다. 기다려서 환영해 준 팬을 배려해서 팬과 함께 셀카 촬영 서비스를 했던 톰 크루즈는 여기서 하나 더, 톰 크루즈의 근접 경호로 인해 사진에 경호원들이 보이자 경호원을 물러서게 했다. 팬들의 완벽한 셀카를 위한 완벽한 배려였다. 톰 크루즈도 사진에 진심인 우리나라 팬들의 마음을 알고 있었나 보다.

우리 집에도 사진에 진심인 사람들이 있다. 아이가 어릴 때는 아이의 일거수일투족을 남편과 시어머니와 시아버지와 고모까지 따라다니면서 사진과 동영상을 촬영하는 것을 이해할 수가 없었다. 공원에 나가서도 네 명의 촬영자는 계속해서 따라다니며 사진을 찍었고 나는 조용히 한 걸음 아니 두세 걸음이었던가 뒤로 물러났다. 특히 시어머니는 사진 찍는 것을 참 좋아하셨다. 우리 집에서 식사할 때도 며느리가 차려 준 밥상 사진을 찍었고 꼭 그 밥상 앞에 있는 시아버지와 시어머니의 모습을 찍어 달라고 하셨다. 그리고 손자가 밥 먹는 모습, 처음 두발자전거를 타는 모습, 학교에서 상장 받아 온 날 등 순간순간 일상의 모습을 사진으로 찍고 모두 네이버 밴드에 올려놓으셨다. 남편도 시어머니 못지않게 사진에 진심이었다. 여행 간 곳에서 먹었던 음식이나 풍경도 올렸고, 아직은 차가운 봄날 동네에서 가장 먼저 꽃을 피운 매화나무를 찾아 사진을 찍었으며 시어머니의 장례식 모습도 찍었다. 장례식장에서 시어머니의 영정 사진을 찍는 남편을 보며 나는 좋은 날도 아닌데 왜 그런 것까지 찍느냐고 했었는데 남편은 이 모든 것을 사진으로 남겼다. 그리고 나는 시어머니와 남편 덕분에 요즘도 아이의 어릴 적 모습과 시어머니의 모습을 본다.

사진을 찍는 것보다 직접 보며 머릿속에 감동과 여운을 남겨 두는 것이 중요하다고 생각했는데 시간이 지나가 버리면 내 머리는 속에는 기억도, 그날의 감동도 남아 있지 않았다. 까마득하게 잊고 있었던 일상이 사진으로 되살아나며 다시 나에게 감동을 준다. 그리고 그날 장례식장에서의 시어머니의 사진도 이제 찬찬히 본다. 사진 찍는 것을 좋아하시고 사진 찍히는 것도 좋아하신 시어머니는 우리가 두고두고 그 아름다웠던 일상을 소중히 기억하라고 사진을 그리 찍으셨던 것이었을까? 시어머니는 정말 사진에 진심이었다.

아이를 키운다는 건

　얼마 전 톰 크루즈가 그의 딸 수리 크루즈의 양육비 5억을 대학까지 지원할 것으로 예상된다는 신문 기사를 봤다. 아는 사람은 알겠지만 톰 크루즈와 케이티 홈즈는 2006년 결혼해서 그 해 딸을 낳았다. 그 후 2012년에 두 사람은 이혼하고, 이혼 후 케이티 홈즈가 딸을 키우고 있다. 톰 크루즈도 대학까지 양육비가 5억이나 드는구나 싶었는데, 웬걸 기사를 읽어 보니 연 5억의 양육비를 지원한다고 한다. 매년 5억의 자녀 양육비라니, 역시 나에게 톰 크루즈는 미션 임파서블한 남자였다.

　자녀 한 명을 양육하는 데 필요한 비용이 2억 이상이라고 한다. 물론 이는 평균값이고 6억이 든다는 조사도 있고 1억이 든다는 설문 결과도 있다. 아무튼, 이렇게 엄청난 비용이 드는 자녀 양육에서 금전적인 돈만큼 중요한 것이 부모와 자녀와의 관계이다. 톰 크루즈는 케이티 홈즈와의 이혼 사유가 자녀 양육과도 관계가 있는 것으로 알려졌으며 그는 딸과 10년 넘게 만나지 않고 있다고 한다. 물론 엄마인 케이티 홈즈가 잘 양육하겠지만, 아빠인 톰 크루즈에게는 아쉬움이 든다. 아이를 키우는 데 경제적 지원도 중요하지만 격려와 지지 같은 정서적 지원도 중요하다.

자녀를 키워 보신 분은 알 것이다. 화장실에서 볼일 볼 때라도 문 열어 놓고 엄마가 여기 있다는 것을 알려 줘야 하는 시기가 있고, 그 착하고 말 잘 듣던 아이가 눈빛이 변하고 문을 닫아 버리는 사춘기 시기도 있으며, 고등학교만 졸업시키면 내보내고 싶다고 속앓이하며 소주 한잔으로 하소연하는 시기도 있음을.

"선생님, 우리 애가 사춘기가 시작된 건지 요즘 말도 잘 안 하고 짜증만 늘었어요. 학원은 몇 개 다니지도 않는데 그것도 가기 싫다고 걸핏하면 빠지네요."

1학기에는 쉬는 시간에 내 옆에 와서 주절주절 이야기하던 아이인데 요즘엔 걸핏하면 왜 해야 하느냐고 투덜대고 반항적으로 쏘아 대는 눈빛을 나도 느끼고 있었다. 이러한 사춘기를 겪고 있는 몇 명을 포함하여 스물다섯 명 남짓한 애들과 지내는 담임교사도 힘들지만 내 아이 하나만 바라보는 부모님도 참 힘들겠구나 싶었다. 나야 이런 아이도 보고, 저런 아이도 보며 속상한 감정을 온전히 한 아이에게 퍼부을 수 없는 처지다 보니 다른 아이에게도 눈을 돌려 그들의 상황도 살펴본다고 잊기도 하고 멈춤의 시간을 가지지만 어디 부모야 그러하겠는가. 속상해하는 어머니에게 말했다.

"어머니, 아이와도 재치 있게 밀당을 하셔야 해요. 힘드시겠지만 지금은 잠시 아이가 스스로 조절할 수 있도록 기다려 보시는 게 어떨까요. 어머니께서 곁에서 자꾸 재촉하시면 오히려 잔소리로 생각하고 더 짜증 낼 수 있습니다. 어머니와 아이와의 관계도 중요하잖아요. 지금은 잠시 거리를 두면서 지켜봐야 할 시기인 것 같습니다. 그리고 학원은 아이가 정 원치 않는다면 잠시만 아이 말대로 쉬어 보는 것은 어떨까요?"

『육아내공 100』의 저자 김선미는 그의 책에서 '연령대별 거리 두기 4단계'를 제시한다. 1단계는 무조건 딱 끼고 부비대고 아이랑 한 몸처럼 지내는 '황금알' 시기로 부모는 아이를 품어 주면 되고, 2단계는 온종일 사고 치고 뛰어다니며 수시로 나가 놀자고 하는 '강아지' 시기로 이 시기는 자연 속에서 실컷 뛰놀게 하면 된다. 3단계는 혼자 있는 거 좋아하고, 말 드럽게 안 듣고, 성질머리도 생기는 '고양이' 시기로 잔소리를 적당히 끊고 관심도 끄고 거리를 둬야 서로 평화롭다. 4단계는 어느덧 자식이 대학생이 되었기에 허전한 마음을 누르고 아이를 훨훨 날려 보내야 하는 '새' 시기이므로 부모는 나무가 되어 새가 세상을 날다 지치고 힘들 때 잠시 와서 쉬어 갈 수 있도록 그냥 그 자리에 있어만 주면 된다고 한다.

학부모님의 자녀이자 나의 제자인 그 아이는 지금 강아지 시기에서 고양이 시기로 넘어가는 과정이다. 가끔 개냥이가 되어 강아지인지 고양이인지 헷갈릴 때도 있겠지만, 강아지면 강아지인 대로 고양이면 고양이인 대로 곁에서 아이를 지지해 주는 것이 우리 어른의 역할이다. 개구리가 올챙이 적

기억 못 한다고 우리 어른 역시 황금알과 강아지와 고양이, 새의 단계를 거쳤겠지만 기억을 못 하고 마치 생전 처음 겪어 보는 신인류처럼 자녀를 생각하기도 한다. 물론 '그 당시 저는 들개였고 길고양이였어요.'라고 가슴 아픈 과거를 회상하신 분도 있겠지만, 내가 힘들어할 때 내 앞에 나서진 못했지만 뒤에서 혹은 위에서 나를 바라보고 있던 항상 내리쬐던 따스한 햇볕 같은 존재가 있었을 것이다.

아이를 키운다는 것, 쉬운 일은 아니다. 누구는 부모가 아이를 키우는 게 아니라 아이가 자라는 것을 지켜보는 것이라고 한다. 우리 부모들은 아이를 키우면서 자신을 발견하고 같이 성장하기도 한다. 그리고 생전 처음 겪어 보는 일에 실수도 하고 실수인 줄 알았는데 알고 보니 그게 부모나 자녀를 더 강인하게 만들기도 한다. 우리 반 학부모나 나나 톰 크루즈나 각자 나름의 방법으로 아이를 키우고 있다. 그들 모두 내 아이가 앞으로 어떤 어른이 되었으면 하는지 나름의 양육관을 갖고 아이를 바라보는 것이다.

아이들이 커서 우리 모두 어른이 되었을 때, 지금 이 순간을 기억하며 웃고 싶다.

"그때 힘들지 않았니?"

"힘들었죠. 사춘기와 갱년기가 만났잖아요."

펭수가 애썼네!

펭하!

일단 펭수 이야기를 하려고 하니 인사부터 한다. 2019년 펭수가 처음 등장하고 엄청나게 핫했을 때, 나는 펭수를 잘 몰랐다. 누군가 펭귄이 인기 있다고 했을 때 뽀로로의 아류 캐릭터라고 생각했다. 뽀로로 인기야 말해 뭐 해, 초통령인데.

어린이들이 좋아하고 목소리가 독특한 펭귄 캐릭터 펭수가 있다는 것을 알고만 있었다. 그로부터 몇 년 후, 한참 재미있게 시청하던 드라마 〈이상한 변호사 우영우〉에 펭수 덕후가 나타났다. 사건을 의뢰한 부모는 온몸에 펭수 굿즈를 장착한 펭수 덕후인 자폐증이 있는 아들과 같이 변호사를 찾아왔다. 자폐인과의 대화가 어려웠던 변호사들은 상대가 좋아하는 것을 생각해 보라는 조언에 따라 펭수 마이크를 들고 펭수 노래를 부르며 그가 마음이 열리기를 기다렸다. 세 명의 변호사가 아이 앞에서 노래를 부르는데 그들의 열정과 노력도 멋졌지만 노래도 좋아서 그 노래를 동영상으로 찾아보았다. 그렇게 듣게 된 펭수 노래는 내가 생각해 왔던 어린이용 뽀로로 노래가 아니었다.

'어, 펭수는 뽀로로의 친구가 아니네.'

EBS 연습생이자 유튜브 크리에이터라는 펭수의 공식적인 나이는 열 살이라고 하지만 그의 말과 행동, 빠다코코낫이란 과자를 좋아한다는 취향을 보면 열 살부터 50대까지 모든 나이대가 섞인 듯하다. 성별이 중성으로 모호한 것처럼 나이 역시 모호했다. 그래서 더 매력적이었다. 아이에게는 더 친절하면서도 재미있게 대하고, 어른들에게는 선을 넘는 발언과 솔직 대담함으로 다가가는 펭수는 진정성과 유머를 갖춘 곁에 두고 싶은 캐릭터였다.

많이 바뀌었다고 하지만 남자니까 이렇게 해야 하고, 여자니까 저렇게 해야 한다고 성별을 구분하는 경우가 아직 많다. 나름 힘이 약한 여자를 배려해 준다는 것인데 여자는 힘이 약하다는 생각이 바뀌어야 하지 않을까. 이런 성별에 대한 구분은 초등학생도 민감하게 반응하는 부분이다. 예전에는 무거운 짐을 가져오는 것은 남학생과 같이 했고 그 짐을 풀고 정리하는 것은 여학생과 같이 했다. 그렇지만 요즘은 무거운 짐을 가지러 같이 갈 사람을 물어보고 희망자와 같이 간다. 물론 풀고 정리할 때도 여학생과 남학생을 구분하지는 않는다. 가끔 우리 반 여학생들과 무거운 짐을 끌고 학교 엘리베이터를 타고 내리면 "아이고, 힘센 남학생 없나? 여학생들이 고생이 많네."라고 말씀하시는 정 많은 선생님과 마주칠 때가 있다.

"얘들이 힘 제일 셉니다."

"(볼멘소리로) 선생님~"

"맞잖아."

이렇게 말하는 나는 펭수를 닮은 걸까?

우리나라는 무슨 일이든 일단 나이부터 밝히고 시작하는 경우가 많다. 저 사람이 마흔한 살인지 마흔세 살인지가 중요한 게 아니라 내가 저 사람보다 나이가 많은지 적은지, 조직 내에서는 누가 나이가 많고 그다음은 누군지 아는 게 중요하고 그것에 맞게 대응해야 마음이 편하다. 나보다 나이가 많으면 언니 또는 선배라며 존칭을 쓰고, 나보다 어리면 "말 편하게 놓으셔도 됩니다."라는 말을 들으며 서서히 말을 놓기도 한다. 나이에 맞는 적절한 말투를 찾아서 맞춤 상대를 한다. 그리고 나이에 맞지 않는 행동을 할 경우에는 불편한 시선으로 보기도 한다.

그렇게 나이에 민감하게 반응하도록 길들여진 우리에게 펭수는 신선했다. '김명중'은 펭수가 수없이 불렀던 EBS 사장이다. 펭수는 '배고프면 김명중'이라며 김명중 EBS 사장을 대놓고 편하게 호칭 빼고 부름으로써 EBS 조직 문화와 김명중이라는 사람에 대한 인식을 편하고 자유롭게 만들었다. 예의 없다는 불편한 시선은 나이 어린 펭수의 천진난만함으로 덮어 버렸다. 그리고 당황스럽게 군이 그렇게까지 하고 싶진 않지만, 무례하면서도 편안한 호칭은 괜히 킥킥 웃게 되는 시원함을 주었다.

우리가 펭수에게 열광하는 것은 펭수의 거침없고 따뜻한 마이웨이 행보이다. 보건복지부 청사에서 대빵 나오라고 거침없이 소리치고, 영화 오디션을 보러 가서 충무로를 접수하러 왔다고 자유롭게 외친다. 국민권익위원회에서는 상담사가 되어 흥분한 민원인을 끝내 웃게 만들어 버리기도 한다. 초등학교 교실에 가서는 사회 시간에 발표하며 같이 공부하고, 서울대병원 어린이 병동에서는 인턴이 되어 주사 맞는 아이 앞에서 주사 안 아프다고 노래를 부른다. 펭수에게 아이들은 말을 놓고, 어른들은 말을 높인다. 나이와 상관없는 펭수의 수평적인 열린 세계관에 우리는 말랑말랑해진다. 이러한 펭수에게 사람들은 빠져들어 버렸고 펭수가 펭수가 될 수 있도록 지켜 주었다. 펭수의 말에 웃으면서 정성껏 대답해 주었고, 돌발적인 화끈한 행동에는 웃으면서 지지해 주었다. 어쩌면 대리 만족이 아니었을까? 웃고 싶고 잘해 주고 싶고 자유롭게 말하고 행동하고 싶어 하는 우리 내면의 소리에 화답하는 것은 아니었나 싶다.

이쯤이면 예상했겠지만, 우리 사회를 종횡무진으로 활동하며 웃음으로 숨 쉬게 하는 펭수는 기자가 되어 톰 크루즈도 만났다. 펭수는 톰 크루즈에게 고향인 남극을 배경으로 하는 스턴트를 기대해도 좋을지 물었고, 톰 크루즈와 크리스토퍼 맥쿼리 감독은 남극에서도 한번 찍어야겠다고 했다. 펭수의 깨방정이 전혀 먹히지 않는 긴장된 기자회견장에서 혼자 손들고 환호하며 톰 크루즈 팀을 웃게 하는 펭수를 보며 우리 사회가 좀 말랑말랑해졌으면 좋겠다고 생각했다. 그렇게 딱딱하게 긴장하고 있지 않아도 되는데 우리는 예의랍시고 이제껏 너무 숨죽이며 경직되어 있었던 것은 아니었는지.

'니가 왜 거기서 나와' 싶은 펭수 기자를 보고 활짝 웃으며 남극에서도 찍어야겠다고 말한 톰 크루즈. 약속을 지키는 톰 크루즈는 어쩌면 펭수 때문에 조만간 남극 영화를 찍을지도 모르겠다.

코로나로 대통단결

또 코로나19 변이가 출현했고 학교로 공문이 왔다.

'중앙사고수습본부 회의(2023.8.2.)에서 코로나19 여름철 확산에 대비하여 자율 방역 기조를 지속 유지하면서 마스크 착용, 손 씻기, 환기 및 소독, 격리 권고 준수 등 일상 방역 수칙 준수를 적극 권고합니다.'

참 끈질긴 바이러스다. 전 세계에 걸쳐 모든 지구촌 사람을 똑같이 위협했다. 세계적으로 유행한 이 전염병은 우리의 일상을 완전히 바꾸어 놓았다. 사람들이 모이는 것을 못하게 했고 마스크를 쓰게 했다. 꽃들이 무리 지어 피면 사람들이 모일까 봐 꽃밭을 트랙터로 갈아엎게 했고, 어디든지 입장할 때는 개인별 바코드 인증을 하게끔 했다.

코로나19 바이러스의 대유행이 시작되었던 2020년 3월에 학교가 휴업했다. 6·25전쟁 때도 학교에서 공부하던 우리나라에서 이것은 사상 초유의 일이었다. 개학은 계속 연기되었고, 4월 중순이 되어서야 원격 수업이 시작되었다. 아이들도 낯설었겠지만 교사인 나 역시 정신이 없었다. 그때 처음으로 줌이라는 화상회의 프로그램을 알았고 동영상으로 수업 자료 만들기를 시작했다. 학교에서도 인터넷 설비를 강화했고, 듀얼 모니터로 바꾸었으며 학생들의 개인 스마트 기기를 구매했다.

당시 내가 근무하는 학교는 전교생이 여든 명 남짓한 작은 학교였고, 나는 1학년 담임이었다. 교육청에서는 3학년에서 6학년까지는 줌을 이용한 스마트 기기로 원격 수업을 진행하고 1, 2학년은 스마트 기기의 활용이 어렵다는 이유로 EBS 교육 방송 시청과 그에 따른 학습꾸러미(가정에서 학생들이 스스로 학습할 수 있게 한 학습지 등의 종이 인쇄물)를 만들어 배부하여 가정학습을 하도록 권고했다. 작은 학교였던 우리 학교에서는 전교생에게 스마트 기기를 대여하고 1, 2학년도 1, 2교시는 줌을 활용한 원격 수업을 하고 3교시 이후부터는 가정학습을 하게끔 했다. 그래서 우리 학교의 1, 2학년 선생님들은(고작 두 명뿐이었지만) 원격 수업도 준비하고 학습꾸러미도 만들어 배부하느라 정신이 없었다.

"선생님, 학습꾸러미는 어떻게 배부할까요?"

"아파트에 사는 학생들의 꾸러미는 우편함에 넣어 두고, 주택에 사는 학생들에게는 우편으로 보냅시다."

"일단 주소부터 맞는지 확인해야겠네요."

이날은 원격 수업이 시작하기 바로 전 주로 2학년 담임 선생님과 나는 각자 자기 학년의 학습꾸러미를 만들어서 봉투에 넣고 택배 작업을 시작했다. 좁다란 골목길에 다닥다닥 붙어 있는 주택이 많은 지역이라 혹시나 꾸러미를 못 받으면 직접 갖다 주어야 했기에 미리 서둘렀다. 집집마다 전화해서 우편으로 받으실 분과 직접 갖다 주기를 원하시는 분을 파악하고 우체국과 학생 집으로 돌아다녔다. 집 앞에 학습꾸러미를 두고 전화를 드리면서 우리 학교에 다니는 학생들이 사는 동네를 구석구석 살폈다.

오르막길 끝에 있는 학교이고 버스조차 지나가지 않는 곳이었다. 처음으로 나는 우리 아이들이 사는 동네를 돌아다니면서 아침에 등교하면 아이들에 왜 이리 더워하고 힘들어했는지 알 수 있었다. 코로나19는 주변 사람의 상황을 이해하게 하기도 했다.

6월에 이르러 아이들은 학교로 등교했지만, 코로나19 바이러스는 점점 더 맹위를 떨쳤다. 짝꿍과 붙어 있던 아이들의 책상은 하나하나 떼고 플라스틱 가림판을 붙이고, 아침마다 열을 재고 손소독제를 뿌려 손을 비볐다. 쉬는 시간에는 창문을 열고 소독액을 뿌렸다. 마스크를 잠시만이라도 내리면 난리가 났고, 우리 반 여학생 한 명은 다른 아이 앞에서 마스크를 잠시 밑으로 내리고 한숨을 쉬었다는 이유로 학부모님들의 민원을 받았다.

코로나19 바이러스는 학교생활도 바꾸었다. 쉬는 시간에는 될 수 있으면 아이들끼리 모이지 말라고 했고 점심시간에는 아이들이 뛰어다니지 않도록 교실 앞 전자 칠판에 아이들이 좋아하는 동영상을 틀어 주었다. 아이들은 가림판 속에서 영화를 보곤 했다.

식당에서는 다섯 명 이상 모여서 음식을 먹을 수 없었고,

영화관에서도 팝콘과 콜라를 먹을 수 없었다. 식당에 가는 대신 배달 라이더가 집으로 왔고, 영화관 대신 넷플릭스 같은 OTT 산업이 발전했다. 코로나 확진으로 판명될 경우, 나뿐만이 아니라 내 주변 사람들에게 피해를 주기 때문에 서로서로 조심했다.

영화 〈미션 임파서블: 데드 레코닝〉의 촬영 기간도 길어졌다. 누군가 확진이 되면 촬영은 중단되었고, 그 피해는 막심했다. 톰 크루즈는 촬영장에서 열두 명의 확진자가 나왔을 때 자비를 들여서 크루즈 배를 빌려 배우들과 스텝들을 격리시켰다고 한다. 그 당시 톰 크루즈가 코로나 방역 수칙을 지키지 않은 스태프에게 소리치고 화를 내며 욕설을 한 것이 화제가 되었다.

"우리 때문에 할리우드에서는 지금도 영화를 만들고 있어! 우리를 믿고 우리가 하는 행동을 믿고 있단 말이지! 우리가 수천 개의 일자리를 만들고 있단 말이야. 다시는 이딴 거 보고 싶지 않아. 안 지키면 해고당할 거야. 사과 필요 없어. 사과는 우리 업계가 셧다운되어서 집 잃는 사람들한테

나 해. 밥도 못 먹고 대학 등록금도 못 내. 그게 빌어먹을 이 산업의 미래야. 나는 매일 밤, 잠들 때마다 이 생각이야. 우린 이 영화 접는 일은 없을 거야! 이해했어? 당신이 이 친구 일자리 잃게 하는 거야. 당신들 이유를 들어 줄 수 있는데 그게 합리적이지 않다면 나도 당신 논리 못 들어 주고 당신은 해고야. 끝. 당신들 믿겠어." (요약본)

이렇게 방역 수칙을 적극적으로 지켜 나간 사람들 덕분에 우리는 지금 코로나19를 이겨 내고 있다. 우리는 지금 지구인이라면 누구나 만나서 서로 자신이 이겨 낸 코로나 경험 이야기를 나눌 수 있게 되었다. 외계인은 알 수 없는 우리만의 수다를 떨 수 있다.

도서관에서의 휴식, 종이책과 함께

내가 도서관에 가는 재미 중 하나는 도서관 지하 구내식당에서 먹는 라면이었다. 내게 도서관 식당은 도서관을 자주 찾는 이유이고, 책이라는 마음의 양식과 더불어 비교적 적은 돈으로 몸의 양식까지 준 일거양득의 공간이다. 그렇다고 내가 밥 먹으려고 도서관에 가는 것은 아니었다. 하지만 오늘은 밥 먹으려고 도서관에 갔다.

코로나 팬데믹은 도서관의 분위기도 바꾸었다. 도서실에서 책을 읽을 수 없었고 음식을 먹을 수도 없었다. 어느 정도 시기가 흘러 사람들은 마스크를 쓰지 않았고 길가의 식당들은 다시 북적이며 도서관도 예전으로 돌아왔다. 그러나 도서관의 구내식당만은 돌아오지 않았다. 불 꺼진 도서관 구내식당을 보며 코로나19의 후유증을 아직도 앓고 있구나 싶어 착잡했다. 끝끝내 버티시더니 어느 날 동네 음식점 유리문에 '임대 문의'란 하얀 종이가 붙어 있던 것처럼 말이다. 식당 라면이 맛있는 것은 강한 화력으로 빠르게 조리했기 때문이라고 해서 집에서 센 불로 냄비 뚜껑을 열고 라면을 끓였다. 그렇지만 고들하고 탄력 있는 면발과 자다가도 킁킁거리게 되는 라면 냄새와 혀에 착 감기는 국물 맛은 도저히 재현할 수 없었다.

며칠 전, 도서실에 책을 반납하러 갔다가 반가운 소식을 들었다. 8월 22일 북스토랑 운영 재개! 도서관 엘리베이터 안에 붙어 있는 안내문을 보고 3년 만에 만난 친구처럼 반가웠다. 이름도 그사이에 바뀌어서 지하 1층의 구내식당이 아니라 레스토랑이라니. 북스토랑!

오늘이 그날인데 어찌 집에만 무덤덤하게 있을 수 있을까. 나는 도서실에 밥 먹으러 갔다. 개업 첫날의 분위기는 언제나 새롭다. 음식점 주인도 먹는 사람들도 지나가는 사람들도 모두 한 번씩 쓱 쳐다보며 서로의 존재를 느끼고 응원의 기운으로 활기차다. 그리움은 설렘이 되고 다시 반가움이 되었다. 명색이 레스토랑인데 나는 돈가스를 시켰고 그리웠던 라면도 먹었다.

　도서관 1층 카페에서 커피까지 마신 후에 책을 읽으려고 도서실로 올라갔다. 수많은 책이 서가에 꽂혀서 독자를 기다리지만, 평일 도서관에 사람은 그리 많지 않다.

　사람들은 요즘 책 읽는 사람이 점점 줄고 있다며 종이책 시대는 서서히 저물 것이라고 했고, 책값이 너무 비싸다며 전자책이 대세라고 했다. 또 어떤 사람들은 책이란 것에 의미를 부여하고 책을 읽는 사람보다 책을 쓰는 사람이 많은 시대라며 아무나 책을 써서 종이를 낭비하고 급기야 기후 위기까지 초래한다고 했다. 잠깐, 쓰고 보니 걱정이 된다. 이미 나의 첫 책도 그러할진대(이건 내 첫 책에 대한 깨알 홍보일까, 디스일까) 이 책마저 그런 운명일까 싶어 미안해진다.

　종이책은 더는 매력이 없는 걸까? 도서관은 소수 마니아층만 찾는 곳이 될까?

모두 다 바쁜 시대다. 가만있으면 나만 정체되는 듯한 느낌이 들어 뭐라도 하려고 한다. 그래서 틈틈이 휴대전화로 정보를 얻고 사실을 확인하며 또 가십거리를 찾아 읽어서 할 말은 많지만, 나만의 생각을 정립하기에는 인터넷 화면도 과학 기술도 너무 획획 빨리 사라진다.

『종이책 읽기를 권함』의 저자 김무곤 교수는 책을 읽을 때는 사람이 주인이 된다고 했다. 종이책은 읽으려는 의도와 읽는 속도, 그만두는 행위를 사람이 스스로 통제하는 한편 영상 매체는 사람보다 더 힘이 세고, 사람보다 더 빨라서 사람을 종종 압도한다고 했다. 사람은 스스로 책을 고르고 책장을 연다. 또 스스로 활자를 따라 눈동자를 굴리고, 때로 앞장으로 되돌아가려고 손가락을 움직인다. 또는 읽다가 팍 덮어 버리거나 휙 던져 버리기도 한다. 그래서 책을 읽는 일은 사람이 스스로 몸과 마음의 주인이 되는 일이라고 했다. 그는 또 자신의 책을 천천히 읽다가 덮었다가 다시 읽고 천천히 책장을 넘기면서 손가락에 전해지는 감촉을 느끼고 책장의 행간과 여백을 지긋이 바라봐 달라고 했다. 그것이 종이책을 읽는 소중함과 기쁨이기에 느껴 보라고 권했다. 책만이 줄 수 있는 느낌이 있다. 책 한 권을 들고 그 한 권이 주는 느낌을 오롯이 가져갔으면 좋겠다. 주인이니까 전부 다 충만하게 가져가도 된다.

영화 〈탑건: 매버릭〉에서 이미 끝은 정해져 있다고, 자네 같은 파일럿들은 결국에 멸종할 수밖에 없다는 말을 듣고 톰 크루즈는 대답한다.

"Maybe so, sir. But not today(그럴지도 모르지요. 그러나 그것이 오늘은 아닙니다)."

책? 어쩌면 읽는 사람이 줄어들 수도 있다. 그러나 아직은 아니다. 나와 당신 같은 우리가 여전히 책을 찾고 즐기기 때문이다.

이번에도 나의 일상에서 불가능한 것일까? 하고 고민될 때 마지막에 나타나서 한마디 말로 미션을 해결해 주는 톰 크루즈는 역시 톰 크루즈였다. 톰 크루즈는 오늘도 나의 일상으로 들어왔다.

미션 완료!